맥베스

Macbeth

세계문학전집 **99**

맥베스

Macbeth

윌리엄 셰익스피어

최종철 옮김

민음사

일러두기

1 번역에 사용한 저본 및 참고본은 작품 해설에 밝혀 두었다.

2 고유명사의 표기는 국립 국어원의 외래어표기법을 따르는 것을 원칙으로 하였다. 다만 이미 굳어져 널리 쓰이고 있는 표기 등은 예외를 두었다.

3 원문에서 의도적으로 어법에 맞지 않게 쓴 표현은 그대로 살려 번역하거나 일부 방언을 사용하였고 각주로 표시하였다.

4 독자의 편의를 위해 대사의 행수를 5행 단위로 표기하였으며, 이는 원문의 길이와 전체적으로는 거의 같지만 완벽하게 일치하지는 않는다.

한 행이 계단식 배열로 표시된 것은 1) 한 인물이 같은 행을 나누어 말하거나 2) 둘 이상의 인물이 같은 행을 나누어 말하는 경우이다.

5 막의 구분 없이 장면의 연속으로만 진행되었던 셰익스피어 당시의 공연 관행을 반영하기 위하여 막과 장의 숫자만 명기하고 장소는 각주에서 설명하였다.

차례

등장인물

덩컨 스코틀랜드 왕

도널베인
맬컴 ⎤ 덩컨 왕의 두 아들

맥베스
뱅쿠오 ⎤ 덩컨 왕의 장군들

맥더프
레녹스
로스
멘티스 ⎤ 스코틀랜드 귀족들
앵거스
케이스니스

플리언스 뱅쿠오의 아들

시워드 노섬벌랜드 백작이며 잉글랜드 군사령관

시워드 청년 시워드의 아들

세이턴 맥베스의 수행 장교

소년 맥더프의 아들

잉글랜드 어의

스코틀랜드 어의

군인

문지기

노인

맥베스 부인

맥더프 부인

시녀 맥베스 부인을 모시는 숙녀

헤카테

세 마녀

귀족, 신사, 장교, 병사, 자객, 시종 및 전령들
뱅쿠오의 유령과 다른 혼령들

장소 스코틀랜드 및 잉글랜드(4막3장)

1막 1장

천둥과 번개. 세 마녀 등장.

마녀 1 언제 다시 우리 셋이 만날까?

천둥, 번개, 아니면 빗속일까?

마녀 2 난리 소리 멈췄을 때

싸움이 판가름 났을 때.

마녀 3 그때는 해 지기 전일 거야.   5

마녀 1 장소는 어딘데?

마녀 2   황야야.

마녀 3 그곳에서 맥베스를 만날 거야.

마녀 1 간다니까 괭이야!

마녀 2 두꺼비가 부르네.

마녀 3 곧 갈게!   10

모두 고운 건 더럽고 더러운 건 곱다.

탁한 대기, 안개 뚫고 날아가자.   (함께 퇴장)

1막 1장 장소 트인 곳.
8~9행 괭이…두꺼비 각각 첫째와 둘째 마녀의 영물이다.

1막 2장

안에서 경종. 덩컨 왕, 맬컴, 도널베인,

레녹스, 시종들과 함께 등장,

피 흘리는 대장을 만난다.

덩컨　피투성이 저 사람은 누구냐? 드러난

　　　상태를 보아하니 반란의 근황을

　　　말해 줄 수 있겠구나.

맬컴　　　　　　　　　바로 이 장교가

　　　강인한 병사처럼 소자가 잡히지 않도록

　　　싸워 주었습니다. ― 반갑네, 용사여!　　　　　5

　　　난동의 상황을 떠났을 때 그대로

　　　왕께 말씀드리게.

대장　　　　　　　불분명했습니다,

　　　헤엄치던 두 사람이 지쳐 엉겨 붙어서

　　　실력 발휘 못 하듯이. 무자비한 맥도널드가

　　　(역적이 될 만하죠, 인간의 악한 점은　　　　　10

　　　모조리 그놈에게 들러붙어 번식하고

　　　우글거리니까요.) 서해 열도 곳곳에서

　　　용병들과 기마병을 지원받은 데에다

1막 2장 장소　스코틀랜드. 진영.

12행 서해 열도　이 비극의 주 무대인 스코틀랜드 서쪽에 있는 헤브리디스 제

도를 가리킨다.

운명의 여신도 그자의 괘씸한 싸움에
추파를 던지며 역적 놈의 창녀가   15
된 것 같았습니다. 하지만 역부족이었죠,
왜냐하면 용감한 맥베스가 (명성에 걸맞게)
운명을 무시하고 피비린 살상으로
김이 서린 칼 휘둘러 용맹의 총아처럼
길을 뚫고 나아가 몹쓸 놈과 맞섰고   20
악수나 작별의 인사도 한 번 없이
그놈의 배꼽에서 턱주가리까지
실밥을 확 자르고 그자의 모가지를
우리의 성벽 위에 꽂아 놓았으니까요.

덩컨   오, 용맹스러운 사촌이여! 훌륭한 신사로다!   25

대장   태양이 비치기 시작하는 곳에서
난파의 폭풍과 불길한 천둥이 터지듯이
안도의 샘물이 솟을 법한 곳에서
불안이 터졌죠. 왕께선 잘 들어 보소서,
용맹으로 무장한 정의의 사자가   30
이 날뛰는 용병들을 내닫게 하자마자
기회를 간파한 노르웨이 국왕이

13행 용병들과 기마병 용병은 가난한 아일랜드 출신의 보병들을 말하고 기마
병 역시 아일랜드 사람들로 날카로운 도끼로 무장하였다. (아든)
25행 사촌 넓은 범위에서 친척이라는 뜻으로 쓰이지만 덩컨과 맥베스는 모두
맬컴 왕의 손자들이기 때문에 여기서는 실제 친족 관계를 나타낸다. (아든)

무기를 정비하고 신병들을 공급받아
새 공격을 시작했답니다.

덩컨   우리 대장
맥베스와 뱅쿠오가 겁먹지 않았나?

대장   먹었죠,   35
독수리가 참새 또는 사자가 토끼 본 듯이요.
참말이지 두 분은 화약을 두 배로
과도하게 장전한 대포와 같았는데
그런 채로
적에게 타격을 두 배로 배가했답니다,   40
피를 뿜는 상처로 먹 감으려 했는지
또 하나의 골고다를 남기려 했는지는
알 수가 없지만 ─
어지럽고 베인 곳을 돌봐야겠습니다.

덩컨 상처처럼 그대에게 어울리는 보고로다,   45
둘 다 명예롭다. ─ 의사를 불러 줘라.

                    (대장, 부축 받으며 퇴장)

로스와 앵거스 등장.

저 사람은 누구냐?

42행골고다 '해골 곳'이라는 뜻을 가진 고대 팔레스타인 지역의 처형장. 예
수가 이곳에서 십자가에 매달려 죽음으로 유명해졌다.

맬컴	로스의 영줍니다.
레녹스	얼마나 서두르는 눈빛인가! 저 모습은 괴변을 말하려는 듯합니다.
로스	국왕 만세!
덩컨	어디서 오셨소, 로스 영주?
로스	파이프에서요, 50

그곳은 하늘을 비웃는 노르웨이 깃발로
백성들이 떤답니다. 노르웨이 왕이 몸소
대군을 이끌고
불충한 대 반역자 코도 영주의 도움으로
불길한 싸움을 시작은 하였으나   55
벨로나의 서방님이 무적 갑옷 차려입고
호적수로 맞부딪쳐 칼날에는 칼날로
반역의 팔뚝에는 팔뚝으로 맞서서
그자의 호기를 꺾어 놨고 그래서 마침내
아군이 승리하였습니다. ―

덩컨	경사로다! 60
로스	그래서 지금은

노르웨이 왕 스웨노가 강화를 애걸하나
우린 그가 세인트 콤스 인치에서

56행 벨로나의 서방님 맥베스를 말하며, 벨로나는 전쟁의 여신이다.
63행 세인트⋯인치 현재는 인치콤이라 불리는 스코틀랜드 에든버러 협만에
있는 작은 섬

공금 일만 달러를 지불하기 전에는
전사자 매장을 허락 않을 것입니다.   65
덩컨 다시는 그 코도 영주가 짐의 깊은 마음을
오도하지 못할 거요. ― 그를 즉시 사형하고
그의 예전 직함으로 맥베스를 맞으시오.
로스 분부대로 시행하겠나이다.
덩컨 그자가 잃은 것을 맥베스가 얻었도다.   70

(모두 퇴장)

1막 3장
천둥. 세 마녀 등장.

마녀 1 동생은 어딨었어?
마녀 2 돼지 잡고 있었지.
마녀 3 언니는?
마녀 1 뱃사람 마누라가 무릎 위의 알밤을
아삭아삭 씹기에 '나 좀 줘.' 그랬지. ―   5
'물러가, 요 마녀야!' 썩을 년이 외치잖아.

64행 달러 이 극의 역사적인 시간보다 근 500년 후인 1518년쯤에 처음으로
주조된 화폐이다. 셰익스피어 극에는 가끔 시대착오적인 사실이 나타나
지만 중요한 것은 동시대 관객들의 지식이다.
1막 3장 장소 황야.

그 서방은 선장인데 알레포로 떠났어.
하지만 난 체를 타고 거기로 가
꼬리 없는 쥐처럼
할 테야, 할 테야, 또 할 테야.   10

마녀 2 바람 한번 불어 줄게.

마녀 1 친절한 마음씨야.

마녀 3 나도 한번 불어 줄게.

마녀 1 나머지 바람은 다 내 거야,
바람 부는 바로 그 항구들도   15
선원의 지도 위에 나타나는
바람 가는 구역도 다 내 거야.
건초처럼 그놈을 말릴 테야.
초가집 지붕 같은 눈꺼풀에
밤낮으로 잠은 아니 올 거야.   20
금단의 인간으로 살 것이고
아홉에 아홉 번 지겨운 일곱 밤에
깡말라 비틀어질 것이야.
그놈 배를 빠뜨릴 순 없어도
폭풍우로 뒤흔들고 말 테야.   25

7행 알레포 시리아 서북부의 도시로 예로부터 아시아와 유럽 간의 교역상의 요지였다.
10행 할 테야 그녀가 무슨 일을 할지는 그다음의 대사에서(18~25) 구체적으로 묘사된다. 특히 수면 상실과 폭풍에 시달리는 선장의 모습은 앞으로 다가올 맥베스의 처지와 비슷하다.

이것 좀 봐.

마녀 2 어디 봐, 어디 봐.

마녀 1 이것은 키잡이의 엄지란다,

고향으로 오다가 파선했어.   (안에서 북소리)

마녀 3 북소리다, 북소리!   30

맥베스가 다가왔어.

모두 바다와 육지의 파발마,

운명의 자매들이

손잡고 돌아간다, 돌아가,

이쪽 세 번 저쪽 세 번   35

또 세 번, 아홉 번에

쉬! ― 마법이 걸렸어.

맥베스와 뱅쿠오 등장.

맥베스 이렇게 더럽고 고운 날은 본 적이 없구려.

뱅쿠오 포레스까지는 멀었소? ― 이게 뭐야,

이렇게 시들고 옷차림이 난잡하여   40

지상의 거주자가 아닌 것 같으면서

땅 위에 서 있다니? 산 것이냐 아니면

질문해도 되는 거냐? 말라 빠진 입술에

갈라 터진 손가락을 즉시 대는 걸 보니

내 말을 아는 것 같구나. 분명히 여잔데   45

수염이 달려서 그렇다는 해명을

못 하겠다.

맥베스	말하라, 가능하면. — 누구냐?
마녀 1	맥베스를 환영하라! 글래미스 영주시다!
마녀 2	맥베스를 환영하라! 코도의 영주시다!
마녀 3	맥베스를 환영하라! 왕이 되실 분이다.

50

뱅쿠오 장군, 왜 그리 놀라서 이렇게 고운 일을
두려워하시는 것 같소? — 진실로 묻건대
너희는 환영이냐, 아니면 정말로
겉보기 그대로냐? 내 동료는 당신들이
현재의 작위와 예견된 고귀한 지위와   55
왕권의 희망을 주면서 맞이하여
넋이 나간 것 같은데 나에겐 말이 없다.
당신들이 시간의 씨앗을 살펴보고
자랄지 못 자랄지 알아낼 수 있다면
나에게 말하라, 당신들의 호의나 미움을   60
부탁도 두려워도 하지 않을 테니까.

마녀 1	환영하라!
마녀 2	환영하라!
마녀 3	환영하라!
마녀 1	맥베스보다는 작지만 더 크시다.

65

마녀 2 운은 좀 덜 좋지만 훨씬 더 좋으시다.

46행 수염 마녀들은 성별뿐만 아니라, 그 존재 자체가 불안정하여 '숨결처
럼/바람 속에 녹아 들어'(1.3.81~82.) 없어질 수 있다.

마녀 3	왕은 아닐지라도 왕을 낳을 분이시다.
	그러니 맥베스와 뱅쿠오를 환영하라!
마녀 1	뱅쿠오와 맥베스를 모두들 환영하라!
맥베스	멈춰라, 이것은 미흡하니 더 말하라.

맥베스   멈춰라, 이것은 미흡하니 더 말하라.   70
         사이늘의 사망으로 난 글래미스의 영주이다.
         하지만 코도는? 코도의 영주는 살아 있고
         잘나가는 신사이며 또한 왕이 된다는 건
         믿을 만한 가망성이 코도 되는 것만큼
         희박한 일이다. 이 괴이한 정보를   75
         어디서 얻었는지 말할 테냐? 또는 왜
         이 메마른 황야에서 예언의 인사말로
         우리 길을 막는지도? — 말하라, 명령이다.

                              (마녀들이 사라진다.)

뱅쿠오   물처럼 땅에도 거품이 있는데
         이들이 그것이오. — 어디로 사라졌지?   80
맥베스   공중으로. 육신처럼 보이던 게 숨결처럼
         바람 속에 녹아 들어갔군요. 머물렀더라면!
뱅쿠오   우리가 말하는 것들이 여기에 있었소,
         아니면 우리가 독초를 먹은 다음
         이성이 감금당해 미치게 되었소?   85
맥베스   후손들이 왕이 되오.

71행 사이늘 맥베스의 아버지의 이름. '글래미스 영주'는 그의 직위였으며 지
금은 맥베스가 물려받아 쓰고 있다.

18

뱅쿠오	장군이 왕이 되오.
맥베스	게다가 코도의 영주까지. 안 그렇소?
뱅쿠오	왜 아니겠어요, 영락없소. 이 누구죠?

로스와 앵거스 등장.

로스	맥베스, 국왕께선 장군의 승전보를	
	기쁘게 접하셨고 역적과의 싸움에서	90
	장군의 개인적인 모험을 읽었을 땐	
	경탄과 칭찬의 두 마음이 앞을 다퉈	
	어쩔 줄 모르셨소. 그래서 조용히	
	그날의 나머지 전과를 훑어보고	
	장군이 저 탄탄한 노르웨이 진중에서	95
	몸소 만든 이상한 죽음의 형상들을	
	조금도 두려워 않았음을 아시었소.	
	우박처럼 전령들이 달려왔고 그 모두가	
	장군의 큰 호국에 찬사를 품고 와서	
	전하 앞에 쏟아 놨소.	
앵거스	고마움을 전하려고	100
	전하께서 우리를 보내셨습니다.	
	그래서 장군을 어전으로 안내할 뿐	
	이것이 보상은 아닙니다.	
로스	그리고 보다 큰 영예의 계약금 명목으로	
	장군을 코도의 영주로 칭하라 명하셨소.	105

그 칭호로 환영하오, 당신 것이니까,
최고의 영주시여.

뱅쿠오   뭐! 악마가 진실을?

맥베스 코도의 영주는 살아 있소. 빌려 온 예복을
왜 내게 입히시오?

앵거스   옛 영주는 살았지만
엄중한 벌을 받고 잃어야 할 목숨을   110
부지하고 있는데 노르웨이 반군과
결탁을 했는지, 역적에게 은밀히
도움과 편의를 줬는지, 아니면 양쪽으로
나라를 망치려고 애썼는지 난 모르오.
하지만 자백하고 입증된 대역죄로   115
그는 거꾸러졌소.

맥베스   (방백) 글래미스, 코도 영주,
그다음엔 대권이다.
(로스와 앵거스에게) 수고하셨습니다. ─
(뱅쿠오에게)
후손들이 왕이 되길 바라지 않으시오?
코도를 내게 준 것들이 못지않은 약속을
그들에게 했지 않소?

뱅쿠오   그들 말을 다 믿다간   120
장군이 코도 영주 외에도 왕관을
탐할지도 모르겠소. 하지만 이상하죠,
어둠의 수족들은 우리를 해치려고

가끔씩 우리에게 진실을 말해 주고
소소하게 정직한 것들로 유인한 뒤   125
중대한 결말에서 배반하죠. ─
친척들께 한 말씀만.

맥베스   (방백) 두 진실이 밝혀졌다,
왕권을 주제로 한 웅대한 연극의
상서로운 서막으로. ─ 여러분, 고맙소. ─
(방백) 이 불가사의한 간청은 나쁠 수도   130
좋을 수도 없구나. ─ 나쁜 것이라면
진실에서 출발하는 성공의 계약금을
왜 내게 주었을까? 난 코도 영주이다.
좋다면 왜 내가 끔찍한 모습을 띤
유혹에 빠져들어 머리칼이 쭈뼛하고   135
안정된 내 심장이 정상을 벗어나
갈비뼈를 두드리지? 눈앞의 공포보다
끔찍한 상상이 더 무서운 법이다.
살인은 아직도 환상에 지나지 않건만
그 생각이 내 온몸을 거세게 뒤흔들어   140
심신의 기능이 억측으로 소멸되니
없음 밖에 있는 건 아무것도 없구나.

127행 두 진실 자기가 글래미스 영주와 더불어 코도의 영주가 되었다는 사실.
130행 간청 맥베스의 주관인 해석. 그는 마녀들이 마치 자신에게 왕이 되
어 달라고 호소라도 했다는 듯이 말하고 있다.

뱅쿠오 보시오, 내 동료가 넋을 잃고 있소이다.

맥베스 (방백) 운에 따라 왕 될 거면, 글쎄, 운에 따라
         관을 쓰게 되겠지.

뱅쿠오   그에게 새 영예가 찾아와   145
         생소한 의복처럼 입어 버릇 않고는
         몸에 맞지 않답니다.

맥베스   (방백) 올 테면 오라고 해,
         날이 암만 험악해도 세월은 흐른다.

뱅쿠오 장군, 우리가 기다리고 있소이다.

맥베스 용서해 주시오. 잊었던 일들로   150
         둔한 내 머리가 복잡했소. 두 분의 노고는
         마음에 적어 두고 책장을 넘기며
         매일매일 읽으리다. ― 자, 국왕께 갑시다. ―
         (뱅쿠오에게) 뜻밖의 이 일을 좀 생각해 보시오,
         한동안 시간을 가지고 검토한 뒤   155
         속마음을 털어놓아 봅시다.

뱅쿠오   흔쾌히요.

맥베스 그때까진 됐습니다. ― 갑시다, 친구분들.

                              (함께 퇴장)

1막 4장

팡파르. 덩컨, 맬컴, 도널베인, 레녹스 및
시종들 등장.

덩컨 코도의 처형은 끝났느냐, 아니면
책임자가 아직도 안 돌아왔느냐?

맬컴 전하,
아직 오지 않았습니다만 코도가
죽는 것을 본 사람과 얘기를 했는데
그는 자기 역모를 솔직히 고백하고   5
폐하의 용서를 빌면서 깊이 참회했다는
말을 들었습니다. 코도의 삶에서
삶과의 이별보다 그에게 더 어울리는 건
없었다고 합니다. 그는 마치 죽음을
외우며 연습해 온 사람처럼 죽었고   10
가장 귀한 소유물을 하찮은 물건처럼
팽개쳤다 합니다.

덩컨 사람의 얼굴에서
마음씨를 알아내는 기술은 없구나.
그는 내가 전적으로 굳게 믿고 의지했던
신사였다. ─

1막 4장 장소 포레스. 왕궁.

맥베스, 뱅쿠오, 로스 및 앵거스 등장.

　　　　　　　　　　오, 최고로 훌륭한 사촌이여!　　　15
배은망덕, 그 중죄가 바로 지금까지도
내 가슴을 눌렀소. 그대는 너무나 앞서 있어
가장 빠른 보답의 날개로도 느려서
못 따라잡겠소. 공로가 좀 적었으면
내가 해 줄 감사와 보상의 비례를　　　　　　20
맞출 수 있을 텐데! 모든 걸로 갚아도
그대 몫을 못 갚는다, 그 말만 하겠소.

맥베스　제가 빚진 봉사와 충성은 실천으로
청산이 되옵니다. 전하의 역할은
존경받는 것이고 저희들의 도리는　　　　　25
자식과 하인처럼 왕권과 왕위를 위하고
전하의 안위에 필수적인 모든 일을
다하는 것입니다.

덩컨　　　　　　이곳으로 잘 왔소.
내 그대를 심어 놓고 최고로 자라도록
힘써 줄 것이오. ─ 뱅쿠오 그대도　　　　30
공이 적지 않으며 적다고 알려져도
아니 될 것이니 그대를 포옹하고
가슴에 품게 하오.

뱅쿠오　　　　　소신이 자라면 그 수확은
전하의 것입니다.

덩컨	크나 큰 내 기쁨이

차올라 넘치면서 슬픔의 물방울 속으로   35
숨으려 하는구려. ― 왕자, 친척, 영주들과
가까이 서 있는 여러분은 들으시오,
짐은 장자 맬컴을 왕세자로 봉하고
지금부터 컴벌랜드 왕자라 부르겠소.
이 영예를 그만 홀로 받아선 아니 되고   40
공신들 모두에게 별처럼 고위직이
빛나게 할 것이오. ― 자, 인버네스로 가서
우리의 결속을 더 다집시다.

맥베스 휴식도 전하 위해 안 쓴다면 노동이니
저 스스로 전령이 된 다음 아내가 즐겁게   45
전하의 행차 소식 듣도록 하고자
삼가 물러가옵니다.

덩컨	훌륭한 코도 영주!

맥베스 (방백) 컴벌랜드 왕자라! ― 내 길을 막았으니
이건 내가 걸려 넘어지든지 아니면
넘어야 할 계단이다. 별들이여, 숨어라!   50
검고 깊은 내 욕망을 비추지 말거라.

39행 컴벌랜드 왕자 스코틀랜드의 왕위는 원래 세습제가 아니었다고 한다. 왕
이 살아 있을 동안 후계자가 발표되면 그에게 컴벌랜드 왕자란 칭호를 부여
하여 그 사실을 알렸다고 한다. (아든)
42행 인버네스 맥베스의 성이 있는 스코틀랜드의 마을.

눈은 손을 못 본 척하지만 끝났을 때
눈이 보기 두려워할 그 일은 일어나라. (퇴장)

덩컨 뱅쿠오 장군, 그는 실로 용감무쌍하다오.
그에 대한 칭찬 듣고 내 배가 부르니   55
내겐 그게 향연이오. 우리를 맞으려고
앞서 간 그의 뒤를 따라가 봅시다.
누구도 필적 못 할 친척이오.

(나팔 소리. 함께 퇴장)

1막 5장

맥베스 부인, 편지를 읽으며 등장.

맥베스 부인 '그들은 나를 승전의 날에 만났고 난 가장
완벽한 정보를 통하여 그들이 인간보다 더
많은 지식을 가졌단 사실을 알아냈소. 내가
더 물어보고 싶은 욕망에 불타고 있었을 때
그들은 공기로 화하여 그 속으로 사라져 버   5
렸소. 내가 놀라움에 넋을 잃고 서 있었을
때 국왕으로부터 사자들이 와서 나를 '코도
영주'로 만세 환영했는데, 같은 직위로 운명
의 자매들이 앞서 나를 맞았으며 나를 지명

1막 5장 장소 인버네스. 맥베스의 성.

하여 앞으로 다가올 때에 '왕이 되실 분이   10
다, 환영하라!'라고 했소. 이 사실을 (내가 가
장 아끼는 권력의 동반자) 당신에게 알려 당
신이 어떤 권력을 약속받았는지 몰라서 환희
할 권리를 잃진 않도록 하는 게 좋겠다고 생
각했소. 이걸 명심하시오. 그럼, 이만.'   15
당신은 글래미스, 코도이고 약속받은 것 또한
될 겁니다. — 하지만 그 성품이 걱정돼요.
최고로 빠른 길을 택하기엔 너무나
인정미가 넘쳐요. 당신은 위대해지고 싶고
야심도 없지는 않지만 그에 따른   20
사악함이 없어요. 꼭 하고 싶은 것을
경건하게 바랍니다. 속임수는 안 쓰지만
부정하게 얻고 싶죠. 위대한 글래미스,
당신은 그걸 갖고 싶으면 '이렇게 해야만 돼.'
이렇게 외치고 있는 걸 갖고 싶고   25
없었기를 바라기보다는 실행이 두려운
그 일을 하고 싶죠. 어서 이리 오세요,
그래서 당신 귀에 내 혼을 불어넣고
용맹스러운 내 혀로 운명과 초자연 덕분에
당신이 쓸 것처럼 보이는 금관에   30
당신의 접근을 방해하는 모든 것을
꾸짖을 수 있도록.

사자 등장.

그래 무슨 소식이냐?

사자 국왕께서 저녁에 오십니다.

맥베스 부인 미친 소리.

네 주인이 그와 함께 있잖으냐? 그렇다면

준비를 하라고 알리셨을 터인데.   35

사자 죄송하나 사실이고 영주님도 오십니다.

제 동료 하나가 어르신을 앞질러 와

숨이 가빠 죽을 듯이 겨우 그 전갈만

마무리했습니다.

맥베스 부인 그를 돌봐 주어라,

굉장한 소식을 가져왔다.   (사자 퇴장)

까마귀도 쉰 소리로   40

내 흉벽 안으로 들어올 덩컨의 운명을

울부짖고 있구나. 자 너희 악령들아,

흉계 따라 나를 지금 탈성시킨 다음에

최악의 잔인성을 머리에서 발끝까지

가득히 채워 다오! 내 피를 탁하게 만들어   45

동정심의 접근과 통로를 막아 다오,

양심의 가책으로 잔인한 내 목표가

─────────────

43행탈성 자기의 흉계를 저지할 것이 분명한 여성성에서 벗어나게 해 달라
는 뜻을 전달하기 위하여 만들어 낸 말.

흔들리게 되거나 이루어지기 전에
마음 편치 못하도록! 이 여자의 가슴에 와
내 젖을 담즙 대신 빨아라, 살귀들아,   50
너희가 안 보이는 몸으로 어디에서
자연의 악행을 시중들든! 짙은 밤아, 오너라,
지옥의 가장 검은 연기로 네 몸을 휘감아
내 칼이 내는 상처 보이지 않도록,
하늘이 어둠의 장막 새로 엿보고 '멈춰!'라고   55
외치지 않도록!

맥베스 등장.

글래미스! 코도 영주!
앞으로 만세 환영 받으며 더 크게 되실 분!
당신의 편지가 무식한 이 현재 너머로
이 몸을 데려가 난 지금 이 순간
미래를 느껴요.

맥베스   오 여보, 덩컨이 오늘 저녁   60
여기로 온답니다.

맥베스 부인   그래서 언제 가죠?

맥베스   내일이오, 예정은 그렇소.

맥베스 부인   오! 태양은
절대로 그 내일을 못 봐요!
영주님, 당신의 얼굴은 서책과 같아서

낯선 걸 읽을 수 있어요. 세상을 속이려면   65

세상처럼 보이세요. 눈과 손과 혀로써

환영을 표하세요. 순진한 꽃 같지만

그 밑에 도사린 뱀이 돼요. 오시는 그분을

대접해 드려야죠. 그리고 당신은

오늘 밤의 큰일을 내 수완에 맡기세요.   70

이 일로 우리는 다가오는 모든 날에

종횡무진 지배권을 가지게 될 거예요.

맥베스   더 의논해 봅시다.

맥베스 부인   밝게만 보이세요,

안색을 바꾸는 건 겁을 내는 겁니다.

그 나머진 모두 내게 맡기세요.   (함께 퇴장)   75

1막 6장

오보에 소리와 횃불. 덩컨, 맬컴, 도널베인,

뱅쿠오, 레녹스, 맥더프, 로스, 앵거스 및

시종들 등장.

덩컨   이 성터는 기분 좋은 곳이구려. 공기가

70행 오늘 밤의…맡기세요 자신이 몸소 살인을 감행하겠다는 뜻이 아니라 일
을 적극 추진하여 성사시키겠다는 말이다. (아든)
1막 6장 장소 맥베스의 성 앞.

가볍고 향긋하게 짐의 모든 감각에
몸을 맡기는구려.

뱅쿠오   사원을 즐겨 찾는
여름 길손 제비가 사랑받는 둥지로
이곳 하늘 숨결 속의 반기는 기색을   5
입증하고 있습니다. 추녀와 기둥머리,
버팀벽과 전망이 좋은 곳은 어디든지
잠자리와 새끼 칠 침대를 매달아 놓았는데
그들이 아주 많이 사는 곳은 관찰컨대
공기가 좋습니다.

맥베스 부인 등장.

덩컨   봐요, 봐! 우리의 안주인을 ―   10
짐을 쫓는 호의가 때로는 고통이나
호의로 고마워합니다. 따라서 내 교훈은
수고 끼친 짐에게 하늘의 보답을 명하고
고통 안긴 짐에게 고마워하란 거요.

맥베스 부인   저희가
매사에 두 번씩 두 배로 봉사해도   15
그것은 전하께서 이 가문에 내려 주신
깊고 넓은 영예와 맞서기엔 초라하고
미약한 일입니다. 옛 작위 또 그 위에
최근 것을 겹치시니 저희는 전하 위해

은둔 기도 하옵니다.

덩컨   코도의 영주는 어딨소?   20

짐은 그를 위하여 징발관이 될 의도로

바싹 쫓아왔지만 그는 말을 잘 타고

게다가 박차처럼 날카로운 큰 사랑 때문에

짐에 앞서 집에 왔소. 우아한 안주인, 오늘 밤

짐은 부인 손님이오.

맥베스 부인   늘 전하의 종으로서   25

저희는 저희 하인, 저희 자신, 저희 것을

위탁받아 소유하며 원하실 때 결산하고

전하 것을 항상 돌려 드립니다.

덩컨   손을 주고

주인에게 안내하오. 짐은 그를 크게 아껴

그에 대한 은총은 계속될 것이오.   30

안주인께 키스하오.   (함께 퇴장)

21행 징발관 왕이 행차하려는 곳에 먼저 가서 여러 가지 물자를 조달하는 것
이 임무인 관리.
31행 키스하오 성안으로 들어가기 전에 맥베스 부인의 뺨에 인사로 입술을
댄다.

1막 7장

오보에 소리와 횃불. 시종장 및
여러 하인들 등장하여 무대를 가로질러
지나간 다음 맥베스 등장.

맥베스 이 일이 끝났을 때 그것으로 끝이라면
빨리 끝이 나는 게 좋겠지. 만약에 암살로
후발 사태 옭아매고 서거로 성공을
거둘 수만 있다면, 그래서 이 일격이
전부이자 종결일 수 있다면 — 여기,   5
바로 여기 시간이 여울지는 강변에서
내세 걸고 뛰어 보리. — 그러나 이런 경우
우린 항상 이승의 심판을 받게 된다.
즉, 유혈을 가르치면 배운 자가 되돌아와
교사를 괴롭히고 공평한 정의의 법관은   10
우리가 탄 독배를 우리가 마실 것을
제안한다. 그는 여기 이중의 신뢰로 머문다.
첫째로 난 그의 친척이며 신하로서
그 행위를 극구 반대해야 하고, 다음으로
주인인 나 자신이 칼을 들 게 아니라   15
자객을 막아야 할 것이다. 게다가 이 덩컨은
너무나 겸손하게 왕권을 행사하고

1막 7장 장소 맥베스의 성.

권좌가 너무나 깨끗하여 그의 여러 덕행은
극도의 영벌 받을 이 암살에 맞서서
천사처럼 나팔 불어 그를 변호할 것이며   20
연민은 벌거숭이 갓난아기 모습으로
돌풍에 걸터앉아, 아니면 케루빔들처럼
형체 없는 기류의 말 등에 올라앉아
이 끔찍한 행위로 모든 눈을 자극하여
눈물이 바람을 잠재우리. — 내 의도의   25
옆구리를 찌르는 박차는 오직 하나,
치솟는 야심인데 너무 높이 뛰어올라
건너편에 떨어지 —

                   맥베스 부인 등장.

                        웬일이오! 새 소식은?
맥베스 부인 그의 식사, 곧 끝나요. 왜 방을 나갔어요?
맥베스 그가 날 찾았소?
맥베스 부인   그런 줄 몰랐어요?   30
맥베스 이 일을 더 이상 추진하지 맙시다.
그는 최근 나에게 영예를 내렸고
난 온갖 사람들의 금빛 찬사 받았는데
가장 환히 빛나는 지금 그걸 입고 싶지
빨리 벗고 싶진 않소.
맥베스 부인   당신이 걸쳤던   35

그 희망은 취했어요? 그 후로 잠잤나요?

이제야 깨어나 자진해서 했던 일을

창백하게 바라보고 있나요? 지금부터

당신 사랑 그런 줄 알겠어요. 욕망만큼

행동력과 용맹심을 같이 가진 사람이   40

되는 게 두려워요? 생애 최고 장식물로

생각하는 그것을 가지고 싶지요?

그런데 속담 속의 불쌍한 괭이처럼

'하고 싶어.' 해 놓고 '감히 못 해.' 대꾸하며

스스로 비겁자로 살 거예요?

맥베스   제발 그만.   45

남자다운 일이면 난 무엇이든 감행하오,

더 할 사람 없을 거요.

맥베스 부인   그럼 무슨 짐승이

내게 이 계획을 발설하게 시켰어요?

이 일을 감행코자 했을 때 당신은 남자였고

전보다 더 과감해져 훨씬 더 큰 남자가   50

43행 속담 '고양이가 생선은 먹고 싶으나 발을 적시기는 싫다.'는 내용. (아든)
47~48행 그럼…시켰어요 맥베스 부인이 마치 시해에 관한 논의가 둘 사이에
있었던 것처럼 말함으로써 여러 가지 해석을 낳고 있다. 1)그런 논의는 연
극이 시작하기 전 혹은 잃어버린 장면에서 있었다. 2)때와 장소가 들어맞지
않았을 때 맥베스가 보낸 편지를 생각하고 있는 부인이 경황 중에 과거의
어느 불확실한 시점을 언급하고 있다. 3)부인이 편지의 내용을 과대 해석했
다. (아든)

되려고 했어요. 당시엔 시간과 장소가
안 맞아도 당신이 맞추려 했는데
저절로 맞춰지니 이젠 그 적절함 자체가
당신 기를 꺾는군요. 난 젖 빨린 적 있어서
갓난애 사랑이 얼마나 애틋한지 알아요.   55
난 고것이 내 얼굴 보면서 웃더라도
이 없는 잇몸에서 젖꼭지를 확 뽑고
골을 깼을 거예요, 내가 만일 당신처럼
이 일로 맹세했더라면.

맥베스   우리가 실패하면?

맥베스 부인   실패해요?   60
용기의 나사를 꼭 조여 고정만 시키면
실패하지 않아요. 덩컨이 잠잘 때
(종일 힘든 여행으로 곤하게 그쪽으로
빠져들겠지만) 침실 시종 두 명을
포도주 폭음으로 쭉 뻗게 만들게요.   65
그러면 두뇌의 감시원인 기억력은
연기로 화하고 이성을 담아야 할 그릇은
증류기가 됩니다. 술에 전 인간들이
돼지 잠에 푹 빠져 죽은 듯이 누웠을 때
무방비인 덩컨에게 당신과 또 내가   70
못 할 게 뭐겠어요? 엄청난 시역 죄를
만취한 시종들이 떠맡게 되도록
뒤집어씌우면 어때요?

맥베스	사내애만 낳으시오!

당신의 그 담대한 기질은 남성만을

빚어내기 때문이오. 그 방에서 졸고 있는   75

두 침실 시종에게 핏자국을 남기고

그들의 단검을 쓴다면 그들의 소행으로

안 받아들이겠소?

맥베스 부인	누가 감히 달리 받아들여요,

우리가 그의 죽음 놓고서 요란한 비탄으로

아우성을 칠 텐데?

맥베스	결정을 내렸소, 80

이 무서운 모험 위해 온 힘을 모으리다.

자, 가장 고운 모습으로 세상 사람 속여요.

마음속의 가식은 가면으로 가려야 한다오.

(함께 퇴장)

2막 1장

뱅쿠오와 횃불을 앞에 든 플리언스 등장.

뱅쿠오	애야, 밤이 많이 깊었느냐?
플리언스	달은 지고 시계 소린 못 들었는데요.
뱅쿠오	달 지는 땐 12시다.

2막 1장 장소 성의 안마당.

플리언스	그보단 늦었어요.
뱅쿠오	자, 내 검을 받아라. ─ 천상에도 절약이 있구나.

그들의 촛불이 다 꺼졌다. ─ 이것도 받아라.　　　5
무거운 졸음이 납처럼 날 눌러도
자고 싶진 않구나. 자비로운 천사들은
수면 중에 새 나오는 저주받은 생각들을
억제해 주소서! ─ 내 검을 이리 다오.

　　　맥베스와 횃불 든 하인 등장.

누구냐?　　　　　　　　　　　　　　　　　10

맥베스　친구요.

뱅쿠오　아니 장군! 안 잤소? 국왕은 침소로 드셨소.
전하께선 유별나게 즐거워하셨으며
이 집안에 두루두루 큰 선물을 내리셨소.
부인께도 극진한 안주인이라는 이름의　　　15
다이아몬드를 주셨고 무한한 만족감에
하루를 끝내셨소.

맥베스　　　　　　　　준비를 못 한지라
본의 아닌 허점이 많았소, 안 그러면
흡족하게 모셨을 터인데.

뱅쿠오　　　　　　　　　　다 좋았소.

5행이것 방패, 외투, 단검, 혹은 단검이 붙은 혁대. (아든)

간밤에 난 운명의 세 자매를 꿈꿨는데   20
당신에겐 진실을 좀 보였지요.

맥베스   그들을 생각 않소.
하지만 우리가 한 시간을 귀히 쓸 수 있을 때
그 일로 얘기 좀 했으면 합니다, 시간을
내주시면 말입니다.

뱅쿠오   가장 형편 좋으실 때.

맥베스 내게 적극 동의해 주시면 그때 가서   25
영예를 얻으실 겁니다.

뱅쿠오   그것을 잃지 않고
늘리려 하면서 마음은 늘 자유롭게
충성심은 결백하게 지킬 수만 있다면
협의에 응하겠소.

맥베스   그럼 편히 쉬시오!

뱅쿠오 고맙소. 장군도 그러시오.   30

                    (뱅쿠오와 플리언스 퇴장)

맥베스 마님께 일러라, 술이 준비되거든
종을 울리시라고. 넌 가서 자거라. ―

                              (하인 퇴장)

눈앞에 보이는 이것이 단검이냐,
자루가 내 손을 향했는데? 자, 잡아 보자. ―
손에 넣진 못해도 여전히 보인다.   35
치명적인 환상이여, 널 보는 것처럼
느낄 수는 없느냐? 아니면 넌 마음의 검,

열에 들뜬 뇌가 만든 허상일 뿐이냐?
아직도 보인다, 만져 볼 수 있는 걸로,
지금 내가 뽑아 든 이것처럼.   40
넌 나를 내가 가고 있던 길로 인도한다,
그리고 난 그런 흉기를 쓰려 했고. ─
눈이 다른 감각들의 놀림감이 되었거나
그것들의 가치를 다 지녔다. 아직도 보인다,
검의 날과 자루에 핏방울까지도,   45
전에는 없었는데. ─ 이런 건 있지 않아.
이것은 피비린 그 계획 때문에 내 눈앞에
생겨난 형상이야. ─ 지금 이 세상의 절반은
만물이 쥐 죽은 듯하고 편히 잠든 사람들은
악몽에 시달린다. 마녀는 창백한 헤카테의   50
제사 의식 올리고 깡마른 살인자는
자신의 파수꾼, 늑대 울음 암호에 깜짝 놀라
저렇게 은밀한 걸음으로, 타르퀸의
겁탈하는 걸음으로 자신의 음모 향해
유령처럼 움직인다. ─ 끄떡없는 대지여,   55
내 걸음이 어디로 향하든 듣지 마라,

50행헤카테 지옥과 마법의 여신.
51행살인자 어떤 특정한 살인자가 아니라 일반적인 살인의 의인화.
53행타르퀸 타르퀴니우스의 영어 이름으로 로마의 마지막 왕과 그 아들들을
가리킨다. 셰익스피어의 시 「루크리스의 강간」에서 루크리스를 욕보이는 자.

행여나 돌들이 나 있는 곳 재잘거려

이 시각에 어울리는 눈앞의 공포를

앗아 갈까 두렵구나. ─ 협박 중에 그는 산다.

말이란 행위의 열기를 식히는 냉기일 뿐.　　　　60

　　　　　　　　　　　(종이 울린다.)

가면 일은 끝난다. 종소리가 날 부르네.

듣지 마라 덩컨이여, 그것은 그대를

천국 또는 지옥으로 소환하는 조종이니까.

　　　　　　　　　　　　　(퇴장)

2막 2장
맥베스 부인 등장.

맥베스 부인　　그자들은 취했는데 나는 대담해졌고

그자들은 식었는데 난 불이 붙었다. ─ 쉿!

올빼미가 울었어, 이 죽음의 야경꾼은

가혹한 작별을 고한다지. 그이가 일낸다.

문들은 열려 있고 만취한 시종들은 코를 골며　　　5

자기네 임무를 비웃는다. 독주를 먹였더니

───────────────

2막 2장 장소　성안.

3~4행 이…고한다지　사형수가 죽기 전날 밤에 올빼미가 운다는 말이 있다. 그래서 죽음을 알리는 이 새의 밤 인사가 가장 무섭다. (아든)

　　　　　　　　사신과 조물주가 놈들을 죽일까 살릴까

　　　　　　　　다투고 있잖아.

맥베스　　　　　　　(안에서) 누구냐? — 여봐라!

맥베스 부인　　아! 그들이 깨어나 성사되지 못했을까

　　　　　　　　걱정된다. — 우리는 행동도 못 해 보고　　　　　10

　　　　　　　　시도하다 망했어. — 쉿! — 그들 칼을 놔뒀는데

　　　　　　　　못 볼 리는 없겠지. — 그의 자는 모습이

　　　　　　　　아버지만 안 닮아도 내가 했어. — 서방님!

　　　　　　　　　　　맥베스 등장.

맥베스　　　　그 행위를 끝냈소. — 무슨 소리 못 들었소?

맥베스 부인　　올빼미의 비명과 귀뚜라미였어요.　　　　　　15

　　　　　　　　말하지 않았어요?

맥베스　　　　　　　　　언제?

맥베스 부인　　　　　　　　　방금.

맥베스　　　　　　　　　　　　내려올 때?

맥베스 부인　　예.

맥베스　　　　들어 봐요!

　　　　　　　　두 번째 방에는 누가 있소?

맥베스 부인　　　　　　　　　　　도널베인.

맥베스　　　　이건 보기 비참하오.　　　　　　　　　　　20

맥베스 부인　　비참하다 말하는 건 어리석은 생각이죠.

맥베스　　　　하난 자다 웃었고 또 하난 '살인이야.' 외쳤소,

그래서 서로를 깨웠소. 난 서서 들었소.
하지만 그들은 기도문을 말한 뒤에
다시 잠잘 채비했소.

맥베스 부인　　　　　　　　　둘은 같이 묵어요.　　　　25

맥베스　하나는 '축복해 주소서.' 또 하나 '아멘.' 했소,
나의 이 망나니 두 손을 보기라도 한 듯이.
그들의 공포를 들으며 난 '축복해 주소서.'에
'아멘.' 할 수 없었소.

맥베스 부인　　　　　　　　그리 깊이 생각지 마세요.

맥베스　그런데 어째서 난 '아멘.'을 못 했을까?　　　30
축복을 절실히 원했는데 '아멘.'이
목구멍에 걸렸었소.

맥베스 부인　　　　　　　　　　이 행위를 그렇게
생각해선 안 됩니다. 그럼 우린 미쳐요.

맥베스　외치는 소리를 들은 것 같았소, '못 자리라!
맥베스는 잠을 죽여 버렸다.'고. ─ 순진한 잠,　　35
엉클어진 근심의 실타래를 푸는 잠,
하루하루 삶의 죽음, 중노동을 씻는 목욕,
상한 맘의 진정제, 대자연의 일품요리,
이 삶의 향연에서 주식인데 ─

맥베스 부인　　　　　　　　　　　무슨 뜻이에요?

맥베스　계속해서 '못 자리라!' 온 집 안에 외쳤소,　　40

25행둘은 시종들이 아니라 맬컴과 도널베인을 가리킨다.

              '글래미스 영주가 잠을 죽여 버렸으니

              코도는 못 자리라, 맥베스는 못 자리라!'

맥베스 부인 누가 그리 외쳤어요? 아이참, 영주님,

              그런 미친 생각은 당신의 뛰어난 능력을

              왜곡하는 겁니다. 가요, 물이나 좀 찾아서   45

              그 더러운 증거를 손에서 씻어 내요. ―

              단검들은 왜 여기로 가지고 왔어요?

              거기 있어야지요. 가져가고 잠든 시종들에겐

              피를 칠해 놓으세요.

맥베스   더 이상 못 가겠소.

              내가 했던 그 일을 생각하기 두렵고   50

              감히 다시 못 보겠소.

맥베스 부인   의지가 약하기는!

              그 단검들 이리 줘요. 자는 자들, 죽은 자들,

              그림 같을 뿐인데 그림 속의 악마는

              애들의 눈에나 무섭지요. 그가 피를 흘리면

              시종들의 얼굴에 발라 줄 거예요,   55

              그들 죄로 보여야 하니까.   (퇴장. 안에서 노크)

맥베스   어디서 두드리지? ―

              소리만 들으면 오싹하니 내가 왜 이럴까?

              이게 무슨 손이냐? 하! 내 눈을 뽑는구나.

              저 대양의 모든 물로 내 손에서 이 피를

              씻어 낼 수 있을까? 아냐, 내 손이 오히려   60

              광대무변 온 바다를 핏빛으로 물들여

푸른 물을 다 붉히리.

맥베스 부인 다시 등장.

맥베스 부인   내 손도 당신과 색깔은 같지만 창피하게
심장이 그처럼 희지는 않아요. (노크) 남문에서
두드리는 소리가 들려요. ─ 침실로 물러나요.   65
물만 좀 있으면 혐의가 벗겨질 터이니
얼마나 쉬워요! 굳건한 마음이 당신을
홀로 두고 떠났어요. (노크) ─ 쉿! 더 두드려요.
잠옷을 걸쳐요, 우리가 불려 나올 경우에
깨어 있던 것처럼 안 보이게. ─ 그토록
  초라하게   70
생각에만 빠져 있지 마세요.

맥베스   내 행위를 알려면 날 몰라야 할 거요. (노크)
덩컨이나 두들겨 깨워라, 그랬으면 좋겠다!

(함께 퇴장)

72행 내…거요 세 가지 해석이 있다. 1)만약 내가 내 행위와 직면해야 한다면
의식을 송두리째 잃어버리는 편이 나을 것이다. 2)내 행위와 직면하느니 생
각에 빠져 있는 것이 낫겠다. 3)이 행위와 타협하고 살아가려면 진정한 나,
이전의 나 자신과는 결별해야만 할 것이다. (아든)

2막 3장
문지기 등장.

(안에서 노크)

문지기 심하게 두드리네, 정말! 지옥의 문지기라도
옛날에 문을 열어 줬을 거다. (노크) 탕, 탕,
탕! 바알세불의 이름으로 누구요? — 풍작을
예상하고 스스로 목을 맨 농부로군. 들어와
요, 계절의 머슴꾼, 손수건이나 넉넉히 준비   5
해요, 여기서 땀 좀 흘릴 테니까. (노크) 탕,
탕. 나머지 악마의 이름으로 누구요? — 옳
지, 양쪽에서 반대쪽 증언을 할 수 있었던
궤변가로군. 하느님을 위한답시고 반역죄는
족히 범했지만 궤변으로 천국엔 못 갔네. 오!   10
들어와요, 궤변가. (노크) 탕, 탕, 탕. 누구요?
— 옳지, 프랑스 바지에서 옷감을 베어 먹은
영국 양복쟁이로군. 들어와요, 양복쟁이. 여
기서 당신의 다리미를 데울 수 있을 거요.

2막 3장 장소 성안.
3행 바알세불 악마들의 괴수.
9행 궤변가 예수회의 수사들, 구체적으로는 가네트 신부를 빗대어 하는 말로
그는 1605년에 일어난 '화약 음모' 사건을 조사하는 동안 심문을 받았을 때
자신이 죄에 연루되지 않기 위하여 모호한 답변을 할 권리가 있다고 주장
하였다. (리버사이드)

(노크) 탕, 탕. 쉴 새 없네! 당신은 직업이 뭐 15
요? ─ 하지만 이곳은 지옥치고는 너무 추워.
악마 문지기 노릇은 더 이상 못해 먹겠다. 환
락의 꽃길 따라 영원한 지옥 불로 들어가는
자들을 모든 업종에서 몇 명씩 들여보내려
고 생각했는데. (노크) 곧 가요, 곧 가. 제발 20
이 문지기를 잊지 말아 주십쇼.

(문을 연다.)

맥더프와 레녹스 등장.

맥더프   이보게, 잠자리에 너무 늦게 들어가
이렇게 늦잠을 잤는가?

문지기   맞습니다, 나리, 우린 둘째 닭이 울 때까지
진탕 들이켰습죠. 나리, 술이란 세 가지를 크 25
게 자극합죠.

맥더프   술이 특히 자극하는 셋이 뭔데?

문지기   예, 나리, 딸기코와 잠과 오줌이랍니다. 색욕
은 그놈이 살렸다 죽였다 하지요. 욕망은 일

12행 프랑스 바지 품과 통이 크고 좁은 두 가지가 있었는데, 이 양복쟁이는
아마도 큰 바지를 만들어 달라고 가져온 옷감에서 떼어먹었거나, 너무 자기
기술을 믿은 나머지 좁은 바지를 만들 옷감에서 훔치려다 들통이 났을지도
모른다. (아든, 리버사이드)
24행 둘째…때 새벽 3시쯤을 가리킨다.

으켜 놓고 능력을 빼앗습죠. 그래서 과음은　30
색욕이란 놈에겐 궤변가라 할 수 있는데, 놈
을 올렸다가 내려놓고 부추겼다가 떼어 놓으
며 설득했다가 실망시키고 세웠다가 주저앉
힌 다음 결론적으로 궤변으로 놈을 잠들게
하여 자빠뜨리고 떠난답니다.　35

맥더프　술이란 놈이 지난밤 자넬 자빠뜨렸구먼.

문지기　그랬죠, 나리, 바로 제 목을 꽉 눌러서. 하지
만 전 보복했답니다. (제 생각에) 놈에겐 제
가 너무 힘센지라 놈이 때론 제 다리를 잡았
지만 제가 몸을 돌려 메다꽂았습죠.　40

맥더프　네 주인은 일어나셨느냐?

맥베스 등장.

우리가 두들겨 깨셨구나. 이리로 오신다.

레녹스　안녕하십니까!

맥베스　　　　　두 분도 안녕하십니까!

맥더프　영주님, 국왕께선 깨셨는지?

맥베스　　　　　　　아직은.

맥더프　때맞춰 오라는 분부가 있었는데　45
그 시간을 놓칠 뻔했군요.

맥베스　　　　　　안내해 드리겠소.

맥더프　당신껜 이것이 즐거운 고생이겠지만

그래도 고생이죠.

맥베스 기뻐서 하는 일엔 고통이 없지요.

이 문이오.

맥더프   무엄하나 불러 보겠습니다,   50

저에게 맡겨진 임무니까.   (퇴장)

레녹스 국왕께선 오늘 떠나십니까?

맥베스   예. ─

그럴 예정이셨소.

레녹스 간밤은 사나웠소. 우리 숙소에서는

굴뚝이 날아갔고 곡소리가 허공에서

들렸다고 합니다. 이상한 죽음의 비명과   55

비통한 시간에 새롭게 태어날

불길한 변란과 혼란스러운 사건들을

올빼미가 밤새껏 끔찍하게 예언하며

울부짖었답니다. 대지가 열에 들떠

떨었다는 말도 있고.

맥베스   난폭한 밤이었소.   60

레녹스 제 짧은 기억으론 그것에 견줄 밤을

못 찾겠습니다.

맥더프 다시 등장.

맥더프   아, 무섭다, 무서워!

생각도 못 하고 말도 못 할 일이다!

맥베스/레녹스 거 무슨 일이오?

맥더프　혼란이 이제야 걸작을 완성했소!　　　　　　　65

신성모독 살인마가 주님께서 기름 부은

신전을 부셔 열고 그 건물의 생명을

빼앗아 갔소이다!

맥베스　　　　　　　　뭐라고요? 생명이요?

레녹스　　　　　　　　전하란 말씀이오?

맥더프　침실로 다가가서 새 고르곤 쳐다보면　　　　70

두 분 눈이 멀 거요. — 말하라 하지 말고

보고 나서 말하시오. —　(맥베스와 레녹스 퇴장)

　　　　　　　　　　깨어나요! 깨어나!

경종을 울려라. — 살인이다, 반역이다!

뱅쿠오, 도널베인! 맬컴은 일어나요!

죽음의 모조품인 솜털 잠을 떨쳐 내고　　　　75

죽음 그 자체를 바라봐요! — 자 어서 일어나

대심판의 모습을 보시오! — 맬컴! 뱅쿠오!

65행 걸작 부정적인 의미로 쓰였다.

66~67행 주님께서…신전 덩컨 왕의 몸을 비유하는 말. 성경에 나오는 두 가지
말, 즉 '주님께서 기름 부은 자'(사무엘상 24장 10절)와 '그대들은 살아 있
는 하느님의 신전이니라.'(고린도후서 6장 16절)라는 표현을 합쳐서 만들었
다. (아든)

68~69행 뭐라고요…말씀이오 맥베스와 레녹스는 동시에 말한다.

70행 고르곤 뱀 같은 머리카락을 가진 전설적인 세 여자 괴물들의 총칭. 이
들을 대표하는 괴물은 메두사로 그녀를 쳐다보는 사람은 누구나 돌로 변했
다고 한다. '새 고르곤'은 덩컨 왕의 시신을 가리킨다.

무덤에서 일어난 듯 유령처럼 걸어와
이 공포를 쳐다봐요!   (종이 울린다.)

          맥베스 부인 등장.

맥베스 부인   무슨 일이 났기에
소름 돋는 나팔로 이 집의 잠자는 사람들을   80
회담장에 모으죠? 말, 말 좀 해요!
     맥더프   오, 부인
제 말을 당신이 들으실 순 없습니다.
여자 귀에 반복하면 내뱉는 순간에
살인날 것입니다.

          뱅쿠오 등장.

          오, 뱅쿠오! 뱅쿠오!
우리들의 주군께서 피살됐소!
맥베스 부인   아, 슬프다!   85
뭐! 우리 집에서!
     뱅쿠오   어디서건 극악하오.
더프 장군, 제발 좀 그 말을 부인하고
아니라고 해 주시오.

          맥베스와 레녹스 다시 등장.

맥베스   이 사건 한 시간 전에만 죽었어도

난 축복받았을 것이오, 지금 이 순간부터   90

삶에서 중요한 건 전혀 없을 테니까.

만사가 하찮고 명예와 미덕은 죽었소.

삶의 즙은 다 빠지고 남아 있는 자랑거린

찌꺼기들뿐이오.

맬컴과 도널베인 등장.

도널베인   무엇이 잘못됐소?

맥베스   두 분과 모른단 사실이.   95

두 분 피의 샘물이, 원류가, 수원이

끊어졌소. 바로 그 근원이 끊어졌소.

맥더프   부친인 국왕께서 살해됐소.

맬컴   오! 누구에게?

레녹스   전하 침실 시종들의 소행처럼 보였는데

놈들 손과 얼굴은 핏물로 다 덮였고   100

단검도 마찬가지, 베개 위에 있었어요,

닦지도 않은 채. 놈들은 멍청하니 바라봤죠.

누구의 생명도 맡기지 말았어야 했는데.

맥베스   아! 하지만 격분한 나머지 놈들을 죽인 게

정말로 후회되오.

맥더프   왜 그리하셨소?   105

맥베스   놀람 신중, 온화 격분, 충성 중립 양쪽을

한꺼번에 지킬 사람 어디 있소? 없지요.
격렬한 내 충정은 가로막는 이성을
신속하게 앞질렀소. ― 여기엔 덩컨 왕이
은빛 피부 금빛 피로 채색된 채 누우셨고   110
깊이 베인 상처들은 파멸이 들어가는
생명 벽의 구멍과 같았소. 저기엔 자객들이
직업 색에 푹 젖었고 그들의 단검은
무례한 피 바지를 입었소. 충성심과
자신의 충성을 드러낼 용기를 가졌다면   115
그 누가 참았겠소?

맥베스 부인   좀 데려가 주세요!

맥더프   부인을 모셔라.

맬컴   (도널베인에게 방백)
우린 왜 입 다물지, 우리의 일이라고
주장할 수 있는데?

도널베인   (맬컴에게 방백) 무슨 말을 합니까,
여기선 못 구멍에 숨었던 우리의 운명이   120
튀어나와 우리를 붙잡을지 모르는데?
떠납시다. 눈물은 일러요.

맬컴   (도널베인에게 방백) 우리의 큰 슬픔도
움직이지 않는구나.

뱅쿠오   부인을 보살펴라. ―
                              (부인이 실려 나간다.)
그리고 노출되어 고생하는 우리들의

	연약한 알몸을 가린 뒤에 만나서	125
	극도로 피비린 이 사건을 조사하고	
	더 알아봅시다. 공포와 혼란에 떨지라도	
	나는 신의 위대한 손 안에 자리 잡고	
	악랄한 비밀 역적 음모에 대항하여	
	거기에서 싸우겠소.	

맥더프   나도.

모두   우리들 모두도.   130

맥베스   그럼 빨리 남자다운 준비를 갖추고
큰방에서 다 같이 만납시다.

모두   좋소이다.

(맬컴과 도널베인만 남고 함께 퇴장)

맬컴   어쩔 테냐? 저들과 어울리지는 말자.
거짓된 자들은 안 느끼는 슬픔도
쉽사리 보이는 법. 난 잉글랜드로 가겠다. 135

도널베인   전 아일랜드로. 헤어져 있는 것이
더 안전할 것입니다. 우리가 있는 곳엔
웃음 속에 비수가 들었어요, 가까운 핏줄이
더 피를 원합니다.

맬컴   살기 어린 이 화살은
날아가는 중이니 표적물이 안 되는 게 140
최고로 안전한 길이다. 그러니 말에 올라
작별 인사 한답시고 까다롭게 굴지 말고
살짝 빠져나가자. 자비심이 없을 땐

몰래 하는 도망도 정당성이 있단다.

(함께 퇴장)

2막 4장
로스와 노인 등장.

노인 육십하고 십 년을 난 분명히 기억하오.
그 세월의 책에서 끔찍한 시절과
이상한 것들을 봐 왔지만 무서운 지난밤은
옛 지식을 무색게 만듭니다.

로스   하, 아버님,
하늘이 인간의 행위를 괘씸하게 여기는 듯   5
지상을 위협하고 있어요. 시간은 낮인데
검은 밤이 운행 중인 태양을 목 졸라요.
생명의 햇빛이 대지에 입 맞춰야 할 때에
무덤 같은 이 어둠은 밤의 기승 탓입니까,
낮의 창피 탓입니까?

노인   순리에 어긋나오,   10
저질러진 그 일처럼. 지난 화요일에는
사냥 매 한 마리가 한껏 높이 솟았다가
쥐나 잡는 올빼미에 습격당해 죽었다오.

2막 4장 장소 성 바깥.

로스 아름답고 발 빠른, 그 무리의 총아인
　　　덩컨 왕의 말들도 (괴이하나 사실이오.)　　　　　15
　　　성정이 거칠어져 마구간을 부수고
　　　인간과 전쟁을 하려는 듯 복종을 거부하며
　　　뛰쳐나갔답니다.

노인　　　　　　　　　서로를 물어뜯었다던데.

로스 그렇게 했지요, 전 경악한 눈으로
　　　그것을 쳐다봤고.

　　　　　　맥더프 등장.

　　　　　　　　　맥더프 영주가 오셨소.　　　　　　20
　　　세상은 어찌 돌아갑니까?

맥더프　　　　　　　　　왜, 안 보여요?

로스 잔악한 행위를 한 자가 알려졌습니까?

맥더프 맥베스가 죽인 자들이지요.

로스　　　　　　　　　아니, 저런!
　　　무슨 이득 바라고요?

맥더프　　　　　　　　사주를 받았다오.
　　　맬컴과 도널베인, 국왕의 두 아들이　　　　　　25
　　　도피를 하였으니 그 행위의 의혹을
　　　그들이 받게 됐죠.

로스　　　　　　　　그 역시 순리에 어긋나오.
　　　무절제한 야심이여, 자기 삶의 자산을

	다 먹어 치우려 하다니! — 그러면 왕권은	
	맥베스에게 갈 가능성이 최고로 크군요.	30
맥더프	그는 이미 추대되어 옥좌에 오르려고	
	스쿤으로 떠났소.	
로스	덩컨 왕의 유해는?	
맥더프	콤킬로 운구됐소,	
	선왕들의 유골을 안전하게 지켜 주는	
	그 신성한 저장고로.	
로스	스쿤으로 가시겠소?	35
맥더프	아뇨 사촌, 파이프로.	
로스	음, 난 거기 가겠소.	
맥더프	음, 그곳 일이 잘된 걸 보고 나서 —	
	잘 가요! —	
	새 옷보다 헌 옷이 더 편하진 않기를!	
로스	안녕히 계십시오, 아버님.	
노인	신의 축복 받으시길, 또 악을 선으로	40
	원수를 친구로 바꾸려는 사람들도! (함께 퇴장)	

32행 스쿤 스코틀랜드 왕들의 대관식이 열렸던 옛 왕도.

3막 1장

뱅쿠오 등장.

뱅쿠오　당신은 이제 왕과 코도와 글래미스, 다 가졌다,
운명의 여인들의 약속대로. 또한 그 때문에
가장 추한 반칙을 범했다고 염려된다.
하지만 당신의 후손이 아니라 나 자신이
수많은 왕들의 시조가 될 것이란　　　　　　5
얘기도 있었다. 그들 말이 진실이면
(맥베스 당신에게 그들의 예언이 빛나듯이)
왜 그것이 당신에게 입증된 사실에 의하여
내 신탁이 되면서 내게도 희망 주면
안 된단 말인가? 하지만 쉿, 그만두자.　　　10

　　　트럼펫 소리. 왕이 된 맥베스,
　　　　왕비가 된 맥베스 부인,
　　레녹스, 로스, 귀족들 및 시종들 등장.

맥베스　이쪽이 우리의 주빈이오.
맥베스 부인　　　　　　　　이분을 잊는다면
우리의 대향연에 커다란 허점이고
전적으로 맞지 않는 일이지요.

3막 1장 장소 포레스. 왕궁.

58

맥베스	오늘 밤에 짐이 공식 만찬을 여는데	
	장군의 참석을 요청하오.	
뱅쿠오	전하께서 저에게	15
	명령을 내리시면 제 의무는 거기에	
	절대로 풀지 못할 영원한 매듭으로	
	묶이게 되옵니다.	
맥베스	오후에 말 타러 나가시오?	
뱅쿠오	예, 전하.	
맥베스	안 그러면 오늘의 회의에서 장군의	20
	(항상 신중하고도 득이 되는) 도움말을	
	들으려고 했는데. 근데 내일 들읍시다.	
	멀리 가오?	
뱅쿠오	전하, 지금부터 저녁 식사까지의 시간을	
	채울 만큼 갑니다. 제 말이 조금 못 달리면	25
	한두 시간 정도는 이 밤의 어둠을	
	빌려야 할 것입니다.	
맥베스	향연에 꼭 참석하오.	
뱅쿠오	꼭 하겠습니다.	
맥베스	들자 하니 잔악한 짐의 사촌 두 사람이	
	잉글랜드와 아일랜드에 몸을 의탁하면서	30
	잔인한 시해는 고백 않고 날조된 얘기를	
	퍼뜨린다지요. 그러나 그건 내일	
	우리 둘이 꼭 봐야 할 나랏일과 더불어	
	함께 처리하겠소. 어서 말 타시오. 잘 가요,	

저녁에 돌아올 때까지. 플리언스도 함께 가오?　35

뱅쿠오　예, 전하. 정말로 시간이 됐습니다.

맥베스　말들이 빠르고 걸음이 확실하길 바라오.

그럼 정말 두 사람을 말 등에 맡기리다.

잘 가시오.　　　　　　　　(뱅쿠오 퇴장)

자, 모두들 자유로운 시간을 가지시오,　40

저녁 7시까지.

손님들을 더 기쁘게 맞이하기 위하여

저녁 식사 때까지 짐은 혼자 있겠소.

그럼 잘들 가시오.

　　　　　　　(맥베스와 시종만 남고 모두 퇴장)

　　　　　　이봐, 너와 얘기 좀 하자.

그들이 내 뜻을 기다리고 있느냐?

시종　　　　　　　　　예, 전하,　45

궁궐 문밖에서요.

맥베스　　　　　　　짐 앞으로 데려와라.

　　　　　　　　　　(시종 퇴장)

이런 삶은 안전하지 못하다면 헛것이다.

짐에게 뱅쿠오 공포는

깊이 박혀 있으며 제왕 같은 그 성품엔

겁나는 게 군림한다. 그는 매우 과감하다.　50

그리고 그 불굴의 기질에 덧붙여

용맹심을 이끌면서 안전하게 행동하는

지혜 또한 가졌다. 짐에게 두려운 존재는

오직 그 하나다. 그리고 내 수호신은
안토니의 수호신이 시저에게 당했듯이   55
그에게 질책을 당한다. 그는 처음 마녀들이
날 왕이라 불렀을 때 그들을 꾸짖고
자기에게 말하라 명령했다. 그들은 곧
예언처럼 왕들의 시조로 그를 환영했는데
내 머리엔 자손 없는 왕관을 씌워 놓고   60
손에는 불모의 왕홀을 쥐어 주며
혈통 밖의 손에 의해 탈취되게 만들었다,
내 아들이 계승하지 못하고. 그럼 난
뱅쿠오의 후손 위해 마음을 더럽혔고
인자한 덩컨 왕을 그들 위해 죽였으며   65
오로지 그들을 위하여 평화의 그릇에
원한을 부었고 공공의 적 악마에게
영원한 보물인 내 영혼을 내주었다,
그들을, 뱅쿠오의 씨앗을 왕 만들기 위하여!
그럴 바엔, 자, 운명아, 결전장에 들어와   70
나와 한번 끝까지 겨뤄 보자! ─ 누구냐? ─

        시종이 두 자객과 함께 다시 등장.

────────────

54~56행 내…당한다 『안토니와 클레오파트라』에 나오는 점쟁이가 2막 3장에
서 안토니에게 권고하는 내용을 언급한다.

넌 부를 때까지 문밖에서 기다려라.

(시종 퇴장)

우리가 얘기한 게 어제가 아니던가?

자객 1 예 전하, 황송하옵니다.

맥베스 그렇다면 이제는

내 말을 숙고해 보았느냐? ― 지난날   75

그렇게도 너희를 불행에 빠뜨린 자,

이 죄 없는 짐이라 생각했던 사람이

그였음을 알겠느냐? 지난번 만남에서

이 점을 입증했고 증거를 같이 살펴보았다,

너희가 어찌 속고 방해 받고, 앞잡이들,   80

공모자들, 그 밖의 모든 것을, 그래서

반편이나 미친놈도 '뱅쿠오의 짓'이라고

말할 수 있도록.

자객 1 저희에게 알려 주셨습니다.

맥베스 그랬지. 그리고 더 나아간 게 이제는

이 둘째 만남의 목적이지. 너희가 알기에도   85

너희의 인내심은 이것을 눈 감아 줄 만큼

우세한 성품이냐? 너희는 이 착한 사람과

그 후손을 위하여 기도하란 복음을 들었어?

너희를 강제로 무덤으로 내몰고 영원히

네 것들을 굶겼는데?

자객 1 전하, 저희도 사냅니다.   90

맥베스 암, 목록에선 너희도 사나이로 통하지.

사냥개, 회색 빛 사냥개, 잡종 개,
삽살개, 똥개, 털 개, 물개와 늑대 개를
한꺼번에 개라고 부르듯이. 하지만
감정서엔 빠른 놈, 느린 놈, 똑똑한 놈,   95
집개와 사냥개가 풍요로운 자연이
각자에게 넣어 준 재능 따라 모두가
구별되어 적혀 있어. 그래서 그 전체를
싸잡아 써 놓은 명단과는 별도의
호칭을 부여받지. 사나이도 그렇다.   100
자, 너희가 문서에서 한자릴 차지하고
사나이 말단이 아니라면 말을 해 봐.
그럼 내가 너희에게 일거리를 안겨 주고
그것이 성사되면 너희는 원수를 없애고
짐의 맘과 총애를 확고히 얻을 텐데   105
그가 살면 짐의 건강 상태는 병자지만
죽으면 완벽해.

자객 2   전하, 저는 이 세상의
더러운 풍파에 너무나 격분하여
세상을 괴롭히는 일이라면 무엇이든
개의치 않습니다.

자객 1   저 또한 너무나   110
재난에 지치고 불운에 시달려
생명을 운에 맡겨 팔자를 고치든지
죽든지 하렵니다.

맥베스	너희 둘은 뱅쿠오가

원수였단 사실을 알겠지.

자객 2	맞습니다, 전하.

맥베스   내게도 그렇다. 또 그는 살아 있는 매 순간   115
내 생명의 급소를 찌를 수 있을 만큼
가까이 서 있다. 난 물론 뻔뻔한 권력으로
내 눈에서 그자를 싹 쓸어 내 버리고
정당화시킬 수는 있지만 그건 안 돼,
그와 나 양쪽 친구 몇 명의 호의를   120
내가 잃지 않으려면 내가 때려눕히고도
그가 쓰러졌다고 울부짖어야만 하니까.
그래서 너희의 도움을 구하게 되었다,
몇 가지 중대한 이유로 이 일을
세상이 못 보게 숨기면서.

자객 2	전하의 명령을 125

실행하겠습니다.

자객 1	저희의 목숨이 ─

맥베스   기개가 빛난다. 늦어도 한 시간 안으로
어디에 너희 몸을 숨길지 알려 주고
때맞추어 완벽한 시간의 염탐꾼을
소개해 주겠다, 이 일은 오늘 밤   130
궁 밖에서 해치워야 되니까. 내 결백이
언제나 필요함을 생각하고 그와 함께
(이 일에 빈틈이나 흠을 아니 남기려면)

동행하는 아들인 플리언스 그놈도,
아이를 없앰은 아비를 없앰만 못지않게   135
내게는 중요하니, 그 어두운 시각의
운명을 안아야 해. 물러가 마음을 굳혀라,
너희에게 곧 가겠다.

자객 2   저흰 굳혔습니다, 전하.

맥베스   곧바로 부를 테니 안에서 기다려라. ─

                            (자객들 함께 퇴장)

결정됐다. 뱅쿠오, 그대의 영혼이   140
하늘로 날아올라 천국을 찾으려면
오늘 밤 안으로 찾아야만 할 것이다.   (퇴장)

3막 2장
맥베스 부인과 시종 등장.

맥베스 부인   뱅쿠오 장군이 궁궐을 떠났느냐?

시종   예 마마, 그러나 밤에 다시 오십니다.

맥베스 부인   전하께 몇 말씀 드릴 틈을 내가 기다린다고
여쭈어라.

시종   예, 마마.   (퇴장)

맥베스 부인   소득 없이 기진맥진,

3막 2장장소 포레스. 왕궁.

만족 없는 욕심을 채운 자의 모습이다.   5
그래서 죽이고 불안한 기쁨을 느끼느니
죽임을 당하는 게 더 편한 법이다.

맥베스 등장.

전하, 어떠세요? 어째서 홀로만 계십니까?
극도로 암울한 환상들을 벗 삼고
생각하는 대상과 정말 함께 사라졌어야 할   10
생각들과 사귀면서. 전혀 해결 못 할 일은
고려하지 마세요. 끝난 일은 끝났어요.

맥베스 우린 뱀을 죽이진 못했소, 상처만 입히고.
그놈이 회복되면 우리의 서투른 악행은
옛 이빨의 위험을 못 벗어날 것이오.   15
하지만 짐이 공포 속에서 식사하고
이 무시무시한 악몽의 고통 속에
밤마다 떠느니 차라리 우주는 해체되고
천지는 무너져라. 마음의 고문대에
안절부절 얼빠진 채 누워 있는 것보다는   20
마음 편해 보자고 침묵시킨 죽은 자와
동거하는 편이 더 낫겠소. 덩컨은 무덤에서

13행뱀 뱅쿠오 가문의 계보를 뱀처럼 생긴 나무로 형상화한 그림에서 암시
를 받았을 가능성이 있다고 한다. (아든)

인생의 발작 열이 지나간 뒤 잘 잡니다.
최악의 대역죄 덕분에 칼이나 독약이나
나라 안의 원한이나 밖의 모병, 아무것도   25
그를 더 건드리지 못하오!

맥베스 부인   자, 제발
고귀하신 전하, 구겨진 모습을 쭉 펴고
오늘 밤 손님들 사이에서 밝고 명랑하세요.

맥베스   여보, 그렇게 하겠소. 당신도 그러시오.
뱅쿠오 장군을 각별히 기억하고   30
눈과 혀 모두로 그를 높여 주시오.
한동안은 불안하니
우리의 명예를 아첨의 냇물에 담그고
얼굴을 가면 삼아 우리의 본심을
감춰야 할 것이오.

맥베스 부인   이건 그만둬야 해요.   35

맥베스   아 여보, 내 마음은 전갈로 가득 찼소!
알다시피 뱅쿠오와 플리언스가 살아 있소.

맥베스 부인 그러나 그 수명은 영원하지 않아요.

맥베스   그래서 안심이오, 공격할 수 있으니까.
그러니 즐거워하구려. 수도원 박쥐가   40
날개를 펴기 전에, 거름 먹은 풍뎅이가
헤카테의 부름 받아 졸리는 목소리로
밤 종소리 내기 전에 몹시도 흉한 일이
벌어질 것이오.

맥베스 부인	무슨 일이 벌어져요?
맥베스	귀여운 햇병아리, 그 행위에 박수 칠 때까지 45
	모르고 있으시오. 칠흑 밤아, 어서 와서
	동정에 찬 낮님의 다정한 눈 싹 가리고
	형체 없는 너의 그 피투성이 손으로
	날 질리게 만드는 생명 보증 파기하고
	갈기갈기 찢어라! ― 빛은 점점 옅어지고 50
	까마귀는 검은 숲에 날아든다.
	선량한 낮 것들은 축 처지기 시작하고
	밤의 검은 수족들이 먹이 찾아 일어난다.
	내 말에 놀랐구려. 하지만 잠자코 있어요.
	시작이 나쁜 일은 그 악화가 강화라오. 55
	그러니 자, 같이 가요.　　　　(함께 퇴장)

3막 3장
세 자객 등장.

자객 1	근데 누가 우리와 합치랬소?
자객 3	맥베스가.
자객 2	의심할 필요 없네. 우리의 임무와

49행 생명 보증 자연의 여신이 뱅쿠오와 플리언스에게 준 생명 증서.
3막 3장 장소 왕궁에서 멀지 않은 공원.

68

꼭 해야 할 일을 지시대로 정확히
말하고 있으니까.

자객 1 　　　　　　　　그럼 함께 일합시다.
줄무늬 석양빛이 서쪽 하늘 물들이며 　　　　　5
길 늦은 나그네는 여관에 닿으려고
잦은 박차 가하고 우리의 표적도
가까이 오는구나.

자객 3 　　　　　　　쉿! 말발굽 소리요.

뱅쿠오 (안에서) 여봐라, 횃불을 가져와라.

자객 2 　　　　　　　　　　　그러면 이자요.
나머지 명단에 올라 있는 손님들은 　　　　　10
벌써 안에 들어갔소.

자객 1 　　　　　　　　　말들은 돌아가네.

자객 3 거의 일 마일이오. 하지만 이자는
모두가 그리하듯 여기에서 궐문까지
평소엔 걸어가오.

　　　뱅쿠오와 플리언스 횃불을 들고 등장.

자객 2 　　　　　　　횃불이다!

자객 3 　　　　　　　　　이자요.

자객 1 잘해 보세. 　　　　　　　　　15

뱅쿠오 오늘 밤엔 비 오겠어.

자객 1 　　　　　　내리라고 하지그래.

(자객 1이 횃불을 꺼 버리고 나머지는
뱅쿠오를 공격한다.)

뱅쿠오　오, 배신이다! 뛰어라, 플리언스, 뛰어, 뛰어!
복수할 수 있을 거야. ─ 아, 비열한 놈.

(죽는다. 플리언스는 도망친다.)

자객 3　누가 불을 꺼 버렸소?

자객 1　　　　　　　그 방법이 아니었소?

자객 3　하나만 쓰러지고 아들은 도망쳤소.

자객 2　　　　　　　　　업무의　　　20
귀중한 절반을 놓쳤군.

자객 1　　　　　　자, 우리 가서
끝낸 만큼 보고하세.　　　　(함께 퇴장)

3막 4장

향연이 준비되어 있다.

맥베스, 맥베스 부인, 로스, 레녹스, 귀족들 및

시종들 등장.

맥베스　서열을 알 테니 앉으시오. 위아래 모두를
충심으로 환영하오.

18행 무대지시문 플리언스의 도주는 이 극의 전환점이다.
19행 누가…아니었소 자객 2가 2~4행에서 말한 사실과 어긋난다.

| 귀족들 | 전하께 감사드리옵니다. |

맥베스 짐 자신도 여러분과 어울려
겸허한 주인 역을 해 보겠소. 안주인은
옥좌를 지키지만 적당한 때 여러분께   5
환영을 표하도록 청하리다.

맥베스 부인 전하, 저 대신 모든 분께 공포해 주세요,
진심으로 말하건대 환영 인사 드린다고.

첫째 자객 문간에 등장.

맥베스 보시오, 그들이 왕비에게 진심으로 감사하오.
양쪽 수가 같으니 난 여기 중간에 앉겠소.   10
마음껏 즐기시오. 곧 좌석에 큰 술잔을
돌리며 마시겠소.   (문으로 간다.)
얼굴에 피 묻었군.

자객   그러면 뱅쿠오 겁니다.

맥베스 그의 몸 안보다 네놈 밖에 있어서 좋구나.
처치했어?

자객   예 전하, 그의 목을 잘랐는데   15
제가 직접 했습니다.

맥베스   너는 목 베기의 명수다.
하지만 플리언스를 처치한 사람도 훌륭해.

3막 4장 장소 왕궁의 연회실.

만약 네가 했다면 넌 천하무적이야.

| 자객 | 주상 전하…… 플리언스는 도망쳤습니다. |

| 맥베스 | 그럼 내 발작이 도진다, 안 그럼 완벽한데, 20
티 없는 대리석, 부동의 바위처럼
자유롭고 거침없는 주위의 대기처럼.
하지만 난 지금 건방진 의심과 두려움에
구속, 감금되었다. ─ 뱅쿠오는 걱정 없지? |

| 자객 | 예 전하, 개골창에 처박혀 머리에 25
큰 상처를 스무 개나 입었으니 걱정 없죠,
가장 적은 거라도 죽습니다. |

| 맥베스 | 고맙구나. ─
큰 뱀은 뻗었고 달아난 작은 뱀은
때가 되면 천성 따라 독을 품을 테지만
당장은 이빨이 없으리라. ─ 물러가라, 30
내일 다시 서로 얘길 들어 보자. (자객 퇴장) |

| 맥베스 부인 | 주상 전하,
환대의 표시가 없으셔요, 향연 중에
잘 오셨단 말씀을 자주 않는 만찬이란
사 먹는 것이에요. 먹기야 집이 제일 낫지요.
집 밖의 식사에선 예절이 양념이며 35
그게 없는 모임은 초라해요. |

| 맥베스 | 잘 상기시켰소! ─
자, 식욕에 따르는 왕성한 소화력과
건강을 위하여! |

레녹스	부디 앉으시겠습니까?
맥베스	자비로운 뱅쿠오 장군께서 오셨으면
	지금 우린 이 나라의 귀인을 모실 텐데. 40

뱅쿠오의 유령 등장, 맥베스의 자리에 앉는다.

	난 그의 불운을 동정하기보다는 무성의를
	문제 삼고 싶소이다!
로스	그분의 불참은, 전하,
	약속을 안 지킨 탓입니다. 전하께서
	자리를 같이하는 은총을 베푸시겠습니까?
맥베스	다 찼는데.
레녹스	비워 둔 자리가 있습니다. 45
맥베스	어디에?
레녹스	여깁니다, 전하. 어인 일로 동요하십니까?
맥베스	이 중에 누가 이리하였소?
귀족들	무엇을요, 전하?
맥베스	내가 했단 말 못 한다. 피투성이 머리칼을
	절대 내게 흔들지 마. 50
로스	여러분 일어나요, 전하께서 편찮으십니다.
맥베스 부인	앉으세요, 친구분들, 종종 저러십니다,
	젊은 시절부터요. 제발 앉아 계십시오.

41행불운 연회에 참석하지 못하게 된 일. (RSC)

발작은 순간이고 조금만 지나면
괜찮아 지십니다. 여러분이 주목하면   55
화내실 것이고 격정은 연장될 터이니
드세요, 개의치 마시고. ─ 당신이 남자예요?

맥베스   암, 담대한 남자지, 악마가 오싹할 것조차
난 감히 노려봐.

맥베스 부인   오 멋진 헛소리!
이건 바로 당신의 공포가 지어낸 거예요.   60
허공에서 당신을 덩컨에게 데려갔던
그 단검이에요. 오! (진정한 공포를 사칭하는)
이 격정과 발작은 겨울철 불가에서
할멈 믿고 아낙네가 떠벌리는 얘기에나
잘 어울릴 겁니다. 정말로 창피해요!   65
왜 그런 얼굴을 하세요? 일은 다 끝났는데
당신은 의자만 쳐다봐요.

맥베스   제발 저길 보시오!
쳐다봐요! 보라고요! 자! 어떻소?
왜 내가 걱정하지? 끄덕이면 말도 해 봐. ─
납골당과 무덤에서 우리가 묻은 자를   70
되돌려 보낸다면 솔개들의 밥통을
묘지로 써야겠다.   (유령 퇴장)

71~72행 솔개들의…써야겠다 솔개들이 시체를 파먹으면 죽은 자가 되살아날
수 없을 것이기 때문에. (아든)

맥베스 부인	허! 남자가 헛것에 푹 빠져요?
맥베스	내가 여기 서 있듯 그를 봤소.
맥베스 부인	아이! 창피해요!
맥베스	이전에도 피는 계속 흘렸소, 그 옛날 나라가 민법으로 정화되어 평화롭기 전에도. 75 그렇지, 그 후에도 듣기에도 끔찍한 살인이 자행됐소. 그리고 지나간 시절엔 뇌수가 터지면 사람이 죽었고 그걸로 끝이었소. 그런데 지금은 머리에 치명상을 스무 개나 입고도 또다시 일어나 80 한 자리를 차지하오. 그 어떤 살인보다 이게 더 괴이하오.
맥베스 부인	훌륭하신 전하, 귀빈들이 전하를 원합니다.
맥베스	잊었구려. — 놀라워 마시오, 참으로 소중한 분들이여, 나를 아는 사람에겐 별것 아닌 괴질이 85 나에게 있답니다. 자, 사랑과 건강을 위하여. 그럼 나도 앉겠소. — 포도주 좀 꽉 채워라. — 참석하신 모두의 기쁨과 없어서 섭섭한 짐의 절친 뱅쿠오 장군에게 건배하오. 그가 여기 있었으면!

유령 다시 등장.

모두와 그에게 이 잔을,   90

모두가 모두에게.

귀족들　　　　　　　　　　존경을 바치며 건배.

맥베스　꺼져라! 내 눈에 띄지 마! 땅속에 들어가!

　　　　네 뼈는 골수가 없으며 핏물은 차갑고

　　　　희번덕거리며 노려보는 그 눈에는

　　　　총기도 없느니라.

맥베스 부인　　　　　　　여러분은 이걸 그냥   95

　　　　습관이라 여기시오, 다른 게 아니니까.

　　　　단지 이 즐거운 시간을 망쳐 놓을 뿐이오.

맥베스　남자가 감히 하면 나도 한다.

　　　　털북숭이 러시아 곰, 무장한 코뿔소나

　　　　히르카니아의 범처럼 다가와라.   100

　　　　그 모습만 아니라면 탄탄한 이 근육은

　　　　절대 떨지 않으리라. 혹은 다시 살아나

　　　　칼 가지고 나에게 사막에서 덤벼라,

　　　　그때 내가 떨거든 어린 계집애라고

　　　　딱 잘라 말해라. 저리 가, 끔찍한 망령아!   105

　　　　허황된 모조품아, 저리 가! —

(유령이 사라진다.)

그렇지.—가고 나니

　　　　나는 다시 남자다. — 여러분, 앉으시오.

100행 히르카니아 카스피해 동남쪽에 있었던 페르시아 왕국의 옛 지역.

맥베스 부인	당신은 흥을 깨고 굉장한 착란으로
	이 모임을 망쳤어요.
맥베스	여름날 구름처럼
	짐을 덮쳐 오는 게 있는데 짐이 어찌 110
	대경실색 않겠소? 난 여러분 때문에
	내가 가진 기질까지 낯설게 느껴지오,
	지금 생각하니까 내 뺨은 겁에 질려 하얀데
	그런 광경 보고도 원래의 홍옥 색을
	유지할 수 있다니.
로스	무슨 광경인지요, 전하? 115
맥베스 부인	말 걸지 마세요, 점점 나빠지십니다.
	질문엔 격노하십니다. 곧바로 밤 인사를 —
	나가는 순서에 상관하지 마시고
	한꺼번에 나가세요.
레녹스	전하, 평안한 밤과 함께
	쾌차하시기를!
맥베스 부인	모두 편히 쉬세요! 120

(귀족들과 시종들 함께 퇴장)

| 맥베스 | 피를 부를 거랍니다, 피는 피를 부를 거요. |
| | 돌들이 움직이고 나무가 말한 적도 있으며 |

122행 돌들 1)살해당한 사람의 시체를 덮어 놓았던 것들이거나, 2)고대 드루이드 교도들이 죄의 유무를 가릴 때 사용했던 흔들바위 혹은 '판결석'을 암시한다. (아든)

까치와 갈까마귀, 떼까마귀 등을 통한
점술과 예언으로 깊이 숨은 살인자를
밝혀낸 일도 있소. — 밤은 어디 가 있소?　125

맥베스 부인　아침과 거의 다툴 판인데 차이가 없어요.

맥베스　어떻게 생각하오, 짐이 특명 내렸는데
맥더프가 안 오는 걸?

맥베스 부인　　　　　　사람을 보냈어요?

맥베스　우연히 들었소, 하지만 보낼 거요.
매수한 내 하인을 심어 두지 않은 집은　130
하나도 없어요. 난 내일 (그것도 아주 일찍)
운명의 자매들을 만나러 가겠소. 그들에게
더 말하게 할 거요, 왜냐하면 난 지금
최악의 수단으로 최악을 알고자 하니까.
내 이익을 위하여 만사를 미루겠소.　135
난 핏속에 너무 깊이 들어가 못 건너도
돌아감은 건너감만큼이나 힘들 거요.
머릿속의 놀라운 것 손으로 보낸 다음
따져 보기 이전에 행동해야 할 것이오.

맥베스 부인　당신은 뭇 생명을 지켜 주는 잠이 모자랍니다.　140

맥베스　자, 침실로 갑시다. 괴이한 내 망상은
풋내기의 공포이며 단련이 필요하오.
행동에는 우린 아직 철부지에 불과하오.

(함께 퇴장)

3막 5장

천둥. 세 마녀 등장, 헤카테를 만난다.

마녀 1	웬일이죠, 헤카테, 화나신 것 같아요?
헤카테	이유가 있잖아? 건방지고 뻔뻔한

헤카테 이유가 있잖아? 건방지고 뻔뻔한
할망구들 같으니. 너희가 어찌 감히
수수께끼, 죽음 등의 문제로
맥베스와 거래 왕래 트면서   5
너희의 마술의 여왕이요
온갖 악행 모사꾼인 이 몸은
내 몫이나 신기를 보이도록
부르지도 않았단 말이냐?
더 나쁜 건 너희의 온 노력이   10
심술궂은 옹고집을 위한 것
뿐이란 점이야. 남들처럼 그자도
자기 목표 사랑하지 너흰 아냐.
하지만 이젠 고쳐. 너흰 가 봐,
그리고 지옥의 아케론강에서   15
아침에 날 만나. 그자가 거기로
운명을 알고 싶어 올 테니까.
그릇들과 주문을 준비해라,

3막 5장 장소 황야.
15행 아케론강 지하 세계 하데스에 있는 강.

마법과 그 밖의 모든 것도.

난 하늘로 날아가 오늘 밤을   20

불길한 운명을 짓는 데 쓸 거야.

정오까지 큰일을 치러야 해.

저기 저 달 한구석에

신비한 증기 방울 걸렸구나,

땅 위에 떨어지기 전에 잡아   25

마술로 그것을 증류하면

인조 유령들을 만들 수 있는데

그들의 속임수의 힘을 빌려

그자를 파멸로 이끌 거야.

그자는 운명을 걷어차며   30

죽음을 비웃고 지혜, 자비, 공포보다

자신의 소망을 더 위에 둘 거야.

또 너희 모두가 알다시피

과신은 인간의 가장 큰 적이니라.

　　　　　(안에서 노래. '오세요, 오세요……'.)

쉿! 날 부른다. 봐, 내 꼬마 정령이   35

안개구름 속에 앉아 날 기다려.　　　(퇴장)

마녀 1　　자, 서두르자, 그녀는 곧 돌아올 테니까.

34행 무대지시문. 노래　이는 셰익스피어와 동시대 작가인 토머스 미들턴의 『마
녀』라는 극작품에 나오는 노래로 그 첫머리는 다음과 같다. '오너라, 오너
라,/헤카테, 헤카테, 오너라!'

(함께 퇴장)

3막 6장

레녹스와 귀족 한 사람 등장.

레녹스 앞선 제 얘기는 당신의 생각과 같았을 뿐
더 넓은 해석도 가능하오. 하지만 사태가
묘했단 말만 하죠. 자비로운 덩컨 왕이
맥베스의 동정 받고―원 참, 돌아가셨으니까―
용감한 뱅쿠오는 너무 늦게 다녔는데   5
(괜찮다면) 플리언스가 죽였다고 할 수 있죠,
도망쳤으니까. 너무 늦게 다니면 안 되죠.
맬컴과 도널베인이 부친을 시해한 게
얼마나 소름 끼칠 일인지 생각 못 할 사람이
어디 있겠습니까? 영벌받을 행위로다!   10
맥베스는 어찌나 슬펐던지! 충성스러운 분노로
단숨에 찢어 놓질 않았겠소, 술의 노예,
잠의 종이 돼 버린 태만 죄인 두 놈을?

36행안개구름…기다려 당시의 극장 구조에 의하면 헤카테는 도르래로 끌어올리는 무대 차를 타고 올라가 물결처럼 주름 잡힌 휘장 안으로 숨었다고 한다. (아든)
3막 6장장소 스코틀랜드.

고귀하게 행동했죠? 예, 그리고 현명하게.
부인하는 놈들 말에 살아 있는 누구라도   15
격분했을 테니까요. 그래서 제 얘기는
사태를 그가 잘 정리했고, 또한 제 생각에
덩컨 왕의 아들들이 그의 손에 들어가면
(하늘은 막으소서) 그들은 부친을 죽이는 게
어떤 건지 알게 될 겁니다. 플리언스 그 애도.   20
하지만 쉿! — 바른 말과 폭군의 향연에
불참했기 때문에 맥더프가 총애를 잃고서
살아간다 합니다. 거주하고 있는 곳이
어딘지 아십니까?

귀족   덩컨 왕의 아드님은
타고난 권리를 폭군에게 빼앗기고   25
잉글랜드 궁정에 계시는데 참으로 경건한
에드워드 국왕의 극진한 영접을 받으니
사악한 운명에도 그에 대한 큰 예우는
전혀 줄지 않았지요. 맥더프는 그곳으로
그 성왕께 간청하여 그분의 조력으로   30
노섬벌랜드와 시워드를 깨우려고 갔답니다.
그래서 (이 일을 승인하실 하느님과)
이분들의 도움으로 우리가 다시 한번
식탁에 음식 얹고 저녁에 잠을 자며
향연과 잔치에서 살벌한 칼 치우고   35
신의 넘친 충성과 참 명예를 얻게 되길

모두가 갈망하오. 이 보고를 들은 왕은
너무나 격노하여 전쟁 한번 시도해 볼
준비하고 있답니다.

레녹스 　　　　　　　맥더프를 불렀나요?

귀족　　그랬지만 '난 안 가오.' 딱 잘라 하는 말에　　40
찌푸린 사자는 자기 등을 돌리고
'날 욕보일 이런 대답 후회할걸.' 하듯이
중얼거렸답니다.

레녹스 　　　　　　　그렇다면 당연히
조심해야 할 것이고 지혜로운 거리를
지키는 게 좋겠소. 잉글랜드 궁정으로　　45
천사 한 분 날아가서 맥더프가 닿기 전에
그의 용건 밝혀 주고 저주받은 손아래
고통받는 이 나라에 축복이 재빨리
돌아오게 하소서!

귀족　　　　　　　　나도 기도하겠소. (함께 퇴장)

4막 1장
천둥. 세 마녀 등장.

마녀 1　얼룩무늬 고양이가 삼세번 울었어.

4막1장장소　포레스의 어느 집.

마녀 2 세 번이지, 고슴도친 한 번 울고.

마녀 3 하피어가 울었다. ― 때가 왔어, 때가 와.

마녀 1 가마솥 주위를 돌아라.

　　　　독 오른 창자를 던져라.　　　　　　　　　5

　　　　차가운 바윗돌 밑에서

　　　　서른에 하루와 밤낮을

　　　　몸에서 독기를 뿜어 온

　　　　잠자다 잡혀 온 두껍아,

　　　　네놈이 맨 먼저 끓어라　　　　　　　　　10

　　　　마법의 약단지 속에서.

모두 곱으로, 곱으로, 고역과 고통을.

　　　　불은 타고 가마솥은 끓어라.

마녀 2 늪에 사는 뱀 살점아,

　　　　가마솥 안에서 익어라.　　　　　　　　　15

　　　　도롱뇽 눈에다 개구리 발

　　　　박쥐 털과 개 혓바닥

　　　　독사 혀, 장님 벌레 독침과

　　　　도마뱀 다리와 부엉이 날개야,

　　　　큰 고통의 마약 되게　　　　　　　　　20

　　　　지옥 죽 끓듯이 끓어라.

모두 곱으로, 곱으로, 고역과 고통을.

　　　　불은 타고 가마솥은 끓어라.

―――――――――

3행 하피어 알려지지 않은 괴물로 셋째 마녀의 영물이다.

마녀 3	용 비늘에 늑대의 이빨과	
	마녀들 미라와 포식한	25
	바다 상어 밥통과 아가리,	
	밤중에 캐어 낸 독 뿌리,	
	저주하는 유대인 간덩이,	
	양 쓸개, 월식 때 절취한	
	주목의 실가지, 터키인 코,	30
	타타르 족속의 입술과	
	창녀가 개천에 내지른	
	목 졸린 아기의 손가락이	
	탁하고 진한 죽을 만든다.	
	호랑이 내장을 더해라,	35
	우리들 가마솥 약재로.	
모두	곱으로, 곱으로, 고역과 고통을.	
	불은 타고 가마솥은 끓어라.	
마녀 2	원숭이 핏물로 식혀라,	
	그러면 마약은 확실해.	40

헤카테와 다른 세 마녀 등장.

30행 주목 교회 마당에 흔히 자라는 나무. 고대 사람들과 중세의 작가들 그리고 셰익스피어 당시의 사람들은 이 나무에 독이 있다고 생각하였다. (아든)
30~31행 터키인…타타르 이 두 종족들은 잔인성의 대표격일뿐만 아니라 '유대인'(28)과 '목 졸린 아기(33)'처럼 세례를 받지 않았기 때문에 마녀들이 가치를 둔다고 한다. (아든)

헤카테　오, 잘했어! 고생이 많구나,

　　　모두가 이득을 나눌 거야.

　　　자, 요정과 선녀처럼 원 그리고

　　　던지는 모든 것에 마술 걸며

　　　가마솥 주변에서 노래해라.　　　　　　　45

　　　　　　　(음악과 노래, '검은 귀신' 어쩌고)

　　　　　　　(헤카테와 다른 세 마녀 함께 퇴장)

마녀 2　내 엄지가 뜨끔한 걸 보니까

　　　무언가 사악한 게 왔구나.　　　(노크)

　　　열려라 자물쇠야,

　　　그 누가 두드리든.

　　　　　　　　맥베스 등장.

맥베스　은밀하고 시커먼 한밤중의 마녀들아!　　50

　　　뭘 하고 있느냐?

　모두　　　　　　　이름 없는 행위를.

맥베스　너희가 신봉하는 것으로 엄숙히 명하니

45행 무대 지시문, 노래　토머스 미들턴의 『마녀』라는 극작품에서 인용한 것인데 처음 두 줄은 다음과 같다. '검은 귀신 흰 귀신, 붉은 귀신 회색 귀신,/얽히고 싶으면 얽히고설키어라.' (아든)

46행 내…보니까　대단히 오래된 미신에 의하면 모든 정상적으로 설명할 수 없는 갑작스러운 몸의 고통은 곧이어 다가올 그 무언가를 예고해 준다고 한다. (아든)

어떻게 알아내든 나에게 대답하라.
너희가 바람을 푼 다음 교회에 맞서서
싸우게 할지라도, 거품 이는 파도가   55
선박을 부수고 삼켜 버릴지라도,
익은 곡식 넘어지고 나무가 쓰러지며
성곽이 파수병들 머리 위로 무너지고
궁궐과 피라미드가 바닥으로 머리를
숙인다 할지라도, 대자연의 보배인 씨앗들이   60
파멸조차 지겨워질 때까지 한꺼번에
다 뒹군다 할지라도 내가 묻는 질문에
대답하라.

마녀 1   말하시오.

마녀 2   물어봐요.

마녀 3   답하리다.

마녀 1   누구한테 들을지 말해 봐요, 우리들
아님 우리 스승들?

맥베스   그들을 불러라, 좀 보게.   65

마녀 1   갓 난 새끼 아홉 삼킨 암퇘지의
핏물을 부어라. 땀처럼 교수대에
흘러내린 기름 또한 저 불 속에
던져 넣고.

60행 대자연의…씨앗들 하느님의 마음속에 있는 모든 만물의 견본에 해당되
는 물질의 정수. (아든)

모두   높거나 낮거나 나와서

자신과 임무를 말끔히 밝혀라.   70

              천둥. 첫째 혼령, 무장한 머리.

맥베스   말하라, 너 귀신 —

마녀 1   당신 생각 알고 있소.

듣기만 하시오, 아무 말도 마시고.

혼령 1   맥베스! 맥베스! 맥더프를 조심하라,

파이프 영주를 조심해. — 보내 줘. — 충분해.

(내려간다.)

맥베스   네 정체가 무엇이든 옳은 경고 고맙다.   75

내 근심을 잘 짚었어. — 하지만 한마디 더. —

마녀 1   명령은 안 통해요. 첫째보다 더 강력한

혼령이 왔어요.

              천둥. 둘째 혼령, 피투성이 아이.

혼령 2   맥베스! 맥베스! 맥베스! —

69~70행 높거나…밝혀라 마녀들의 주문을 듣고 나타나는 세 환영 중 첫째의
무장한 머리는 맥베스 자신의 잘린 머리이거나 맥더프 혹은 맥도널드의 머
리를, 둘째의 피투성이 아이는 자기 어머니의 자궁을 찢고 나온 맥더프를,
셋째의 왕관을 쓰고 손에 나무를 든 아이는 맬컴을 나타낸다는 의견이 있
다. (아든)

| 맥베스 | 내 귀가 셋이라도 들어 주마. | 80 |

| 혼령 2 | 잔인, 대담, 꿋꿋해라, 인간의 능력 따윈 |

우습게 생각해라, 여자가 낳은 자는 아무도

맥베스를 못 해칠 테니까.　　　　　(내려간다.)

| 맥베스 | 그럼 살아, 맥더프. 왜 너를 두려워해야지? |

하지만 난 확신을 재확신할 셈으로　　　　　85

운명의 보증을 받겠다. 넌 살지 못한다,

창백한 내 심장에게 두려울 것 없다 하고

천둥 쳐도 잠잘 수 있도록. ─

천둥. 셋째 혼령, 왕관 쓰고 손에 나무를 든 어린이.

　　　　　　　　　　　　　　　이건 뭐냐,

왕손인 것처럼 올라오고 있는데

어린 이마 위에는 최고 통치권자의　　　　　90

둥근 관을 썼잖아?

| 모두 | 　　　　　　들어요, 말은 걸지 마시고. |

| 혼령 3 | 사자처럼 당당해라. 짜증 안달 내는 자가 |

누구인지, 공모자들 어딨는지 염려 마라.

버남의 큰 수풀이 던시네인 언덕으로

맥베스를 대적하여 다가오기 전에는　　　　　95

절대 정복 안 될 테니.　　　　　(내려간다.)

| 맥베스 | 　　　　　　그런 일은 없으리라. |

누가 숲을 징발하고 나무더러 내린 뿌리

뽑으라고 할 수 있지? 달콤한 예언이다! 좋아!
죽은 너 역적아, 버남 숲이 깨기 전엔
절대로 깨지 마라. 높이 앉은 맥베스는　　　　100
천수를 누리다가 시간과 숙명 따라
숨을 거둘 것이니라. ― 하지만 가슴 뛰니
한 가지만 더 알자. 말해 다오 (네 기술로
그게 가능하다면) 뱅쿠오의 후손이 언젠가
이 나라를 통치해?

모두　　　　　　　　더 알려고 하지 마오.　　　　105

맥베스　만족해야 하겠다. 이것을 거절하면
영원한 저주를 받으리라! 알려 다오. ―
저 솥은 왜 내려가? 이게 무슨 소리냐?

　　　　　　　　　　　　　　　(오보에 소리)

마녀 1　보여 줘!

마녀 2　보여 줘!　　　　　　　　　　　　　110

마녀 3　보여 줘!

모두　보여 주고 마음을 괴롭혀라,
환영처럼 왔다가 떠나가라.

여덟 명의 왕이 보인다, 마지막 왕은 손에 거울을
들고 있고 뱅쿠오가 뒤따른다.

맥베스　넌 너무 뱅쿠오의 유령과 닮았다. 꺼져라!
그 왕관이 내 눈알을 지진다. ― 금관 쓴　　　115

90

네 이마의 머리칼은 첫째와 닮았고. ―

셋째도 비슷하네. ― 더러운 요괴들아!

왜 이런 걸 보여 줘? ― 넷째야? ― 눈 나오네!

뭣! 그 줄이 최후 심판 그날까지 뻗쳤어?

또 있어? ― 일곱째야? ― 더 보지 않겠다. ―   120

그런데도 여덟째가 거울 들고 나타나

더 많은 왕들을 보여 주네. 몇몇은

두 겹의 보주와 세 겹의 왕홀을 지녔구나.

끔찍하다! ― 이제야 사실임을 알겠다,

피 엉킨 머리칼의 뱅쿠오가 나에게   125

제 자손을 가리키며 웃으니까. ― 뭣! 사실이냐?

마녀 1 예, 모두가 사실이오. ― 하지만

맥베스가 왜 저렇게 경악했지? ―

자 얘들아, 즐겁게 해 드리고

최고로 좋은 걸 봬 드리자.   130

난 공기로 음악을 뽑을 테니

너희는 환상적 윤무를 춰 봐라,

121행거울 자기 모습을 비춰 보는 보통의 거울이 아니라 마법의 거울.
123행두…왕홀 잉글랜드의 제임스 1세는 스코틀랜드의 스쿤과 잉글랜드의
웨스트민스터에서 두 번 즉위식을 가졌다. 따라서 왕권을 표상하는 보주가
'두 겹'이며, 잉글랜드 왕의 대관식에는 두 겹의 왕홀을, 스코틀랜드 왕의 경
우에는 홑겹을 사용함으로서 그 둘을 합쳐 '세 겹'이 되었다. '세 겹'은 또한
'대영 제국, 프랑스, 아일랜드 왕'이라는 칭호를 가리킬 수도 있다. (리버사이
드) 이 극이 쓰였다고 추정되는 1606년 당시 잉글랜드는 제임스 1세 치하
였으며, 그가 속한 스튜어트 왕가의 전설적인 창시자가 바로 뱅쿠오이다.

여기 온 보답을 잘 받았노라고
대왕께서 친절히 말할 수 있도록.

(음악. 마녀들이 춤추고 사라진다.)

맥베스　　어디 있지? 사라졌어? 이 사악한 시간을　　　135
　　　　　저주하는 기록을 달력에 남기리라! ―
　　　　　밖에 누구 없느냐!

레녹스 등장.

레녹스　　　　　　　무슨 일이신지요?

맥베스　　운명의 자매들을 보았소?

레녹스　　　　　　　　아뇨, 전하.

맥베스　　지나가지 않았소?

레녹스　　　　　　　　아뇨 전하, 참말로요.

맥베스　　바람 타고 가다가 염병에나 걸리고　　　　　140
　　　　　그들을 믿는 자는 다 저주받아라! ― 분명히
　　　　　말발굽 소리를 들었는데 누가 왔소?

레녹스　　전하, 맥더프가 잉글랜드로 도망쳤단 소식을
　　　　　두세 명이 가지고 왔습니다.

맥베스　　　　　　　　　잉글랜드로?

레녹스　　예, 전하.　　　　　　　　　　　　　　145

맥베스　　(방백) 무서운 내 위업을 시간이 앞질러 막았군.

───────────

146행위업　맥더프를 죽이려 했던 결심(85~86)을 아이러니하게 표현한 말.

쏜살같은 목표는 행동이 없으면 절대로
못 따라잡는다. 바로 이 순간부터
마음에 떠오르는 것들은 곧바로
손으로 갈 것이다. 그래서 바로 지금   150
내 생각을 행위로 장식하기 위하여
생각한 걸 실천하자. 맥더프의 성을 기습,
영지를 강탈하고 그자의 처자식과
대를 이을 불운한 영혼들을 모조리
칼날에 바치겠다. 바보처럼 장담 말고   155
결심이 식기 전에 이 일을 끝낼 테다.
구경은 그만하고! ― 그들은 어디 있소?
자, 그들이 있는 데로 안내하오.   (함께 퇴장)

4막 2장

맥더프 부인과 아들, 그리고 로스 등장.

맥더프 부인   그이가 뭘 했는데 도망쳤단 말입니까?

로스   참아야 합니다, 마님.

맥더프 부인   못 참은 건 그였어요.

도주는 미친 짓이에요. 행동은 않더라도
공포심에 역적이 됩니다.

4막 2장 장소 피이프. 맥더프의 성.

로스	도주한 게
	지혜인지 공포심 때문인진 모르시죠. 5
맥더프 부인	지혜요! 자기 처를 버리고 자식을 버리고
	저택과 전 재산이 있는 데서 스스로
	도망을 쳤는데요? 그이는 우릴 사랑 않아요,
	타고난 애정이 모자라죠. 저 가엾은
	가장 작은 굴뚝새도 둥지 안의 새끼 위해 10
	부엉이에 맞서서 싸우는데 말입니다.
	모든 것이 공포이고 사랑은 없어요.
	너무나 사리에 맞지 않게 도주를 했는데
	그 무슨 지혜가 있겠어요.
로스	소중한 사촌 누이,
	제발 진정하세요. 하지만 당신의 남편은 15
	고귀하고 현명하며 발작하는 현 시국을
	가장 잘 아십니다. 감히 더 얘기를 못 하오.
	하지만 시절은 잔인하여 우리도 모르는데
	역적이 되고 있고 두려워서 풍문을 믿지만
	무엇을 두려워하는지도 모르는 채 20
	거칠고 사나운 바다 위를 이리저리
	떠다니는 때입니다. ─ 난 당신과 작별하고
	머지않아 이곳으로 다시 올 것입니다.
	사태가 최악에 이르면 멈추거나
	원상태로 돌아가죠. ─ 귀여운 조카야, 25
	복 많이 받아라!

맥더프 부인	그 애는 아비가 있지만 아비가 없어요.
로스	이런 바보 같으니, 더 이상 지체하면
	내 눈물이 쏟아져 당신에게 폐 될 텐데.
	곧바로 작별하죠. (퇴장)
맥더프 부인	애, 네 아버진 죽었다. 30
	넌 이제 어쩔래? 어떻게 살 거냐?
아들	새처럼요, 어머니.
맥더프 부인	뭐, 벌레나 파리 먹고?
아들	닥치는 대로지요. 새들도 그래요.
맥더프 부인	딱한 새야! 넌 그물도, 끈끈이도, 함정도
	덫도 아니 두렵구나.
아들	왜 그래야지요, 어머니? 35
	그런 건 딱한 새들 잡는 게 아니에요.
	아버진 안 죽었죠, 말이야 그렇지만.
맥더프 부인	죽었단다. 아버지가 없어서 어떡할래?
아들	어머닌 남편이 없어서 어떡해요?
맥더프 부인	왜, 장터에 나가면 스물은 살 수 있어. 40
아들	그렇다면 샀다가 도로 팔 텐데요.
맥더프 부인	넌 기지를 다하여 말하고 있구나.
	하긴 사실 애치고는 재치 있어.
아들	아버진 역적이었어요, 어머니?
맥더프 부인	응, 그렇단다. 45
아들	역적이 뭔데요?
맥더프 부인	음, 맹세하고 거짓말하는 사람.

아들	그럭하면 다 역적인가요?
맥더프 부인	그럭하면 모두 다 역적이고 목이 매달려야 해.
아들	맹세하고 거짓되면 다 목이 매달려야 하나요? 50
맥더프 부인	모두 다.
아들	누가 목을 매달지요?
맥더프 부인	음, 정직한 사람들이.
아들	그럼 거짓말쟁이와 맹세꾼들은 바보네요, 거
	짓말쟁이와 맹세꾼들은 정직한 사람들을 이 55
	기고 그들을 목매달 만큼 많은데.
맥더프 부인	참 딱하구나, 가엾은 원숭이! 하지만 아버지
	를 어떻게 얻을래?
아들	아버지가 죽었으면 어머닌 그 때문에 울 거
	예요. 울지 않으면 그건 내게 새아버지가 빨 60
	리 생길 거라는 확실한 표시지요.
맥더프 부인	가엾은 수다쟁이, 말도 참 잘하지!

사자 등장.

사자	마님께 가호를! 당신은 절 모르셔도
	전 당신의 신분을 완벽하게 압니다.
	위험이 당신 곁에 왔을까 두려우니 65
	이 못난 사람의 충고를 들으시고
	여기 있지 마시고 애들과 떠나세요.
	놀라게 해 드려서 너무 무례합니다만

이보다 더 나쁜 짓은 잔혹한 행위인데
당신에게 아주 가깝습니다. 하늘의 보호를!   70
감히 더 머물지 못합니다.   (퇴장)
맥더프 부인   어디로 도망치지?
해 입힌 적은 없다. 그러나 생각하니
난 속세에 살고 있고 거기선 악행이
자주 칭찬받으며 선행이 때로는
위험한 우행으로 여겨진다. 그렇다면, 아!   75
해 입힌 적 없다는 여자다운 변호를
내가 왜 내세우지? 이 무슨 얼굴이야!

자객들 등장.

자객   당신 남편 어딨어?
맥더프 부인   너희 같은 놈들이 찾을 수 있을 만큼
불경한 덴 없기를 바란다.
자객   그자는 역적이야.   80
아들   거짓말, 이 털보 악당 놈!
자객   뭐야, 애송이가!
배신자의 새끼가!   (아들을 찌른다.)
아들   그가 날 죽였어요, 어머니.
제발 달아나세요.   (죽는다.)
                    ('살인이야.' 외치면서 맥더프 부인 퇴장하고
                                자객들이 뒤쫓는다.)

4막 3장
맬컴과 맥더프 등장.

맬컴 자 우리 인적 없는 그늘 찾아 거기에서
슬픈 가슴 울어 비워 봅시다.

맥더프   그보다는
치명적인 칼을 잡고 올바른 사람처럼
쓰러진 조국 위해 싸웁시다. 아침마다
새 과부들 신음하고 새 고아들 울부짖고   5
새 슬픔이 하늘 치니 그것이 스코틀랜드와
공감하듯 반향하며 비슷한 통곡이
되울려 퍼집니다.

맬컴   난 믿는 건 통탄하고
아는 건 믿겠소. 또 시정할 수 있는 건
우호적인 때가 오면 그리할 것이오.   10
아마도 당신 말이 맞을지도 모릅니다.
이름만 불러도 혀가 타는 이 폭군도 한때는
정직하다 여겨졌소. 당신은 그를 많이 아꼈고
그는 아직 당신을 안 다쳤소. 난 어리나
나를 팔아 챙길 게 있을지도 모르며   15
노한 신을 달래려고 연약하고 순한 양을
바치는 행위 또한 현명하죠.

4막 3장 장소 잉글랜드. 왕궁.

맥더프	저는 배신 안 합니다.

맬컴 맥베스는 합니다.
훌륭하고 덕 있는 사람도 왕명에는
굴복할 수 있지요. 하지만 용서를 애원하오,   20
내 생각이 당신의 본성은 못 바꿀 테니까.
가장 빛난 천사가 타락해도 천사는 빛나고
더러운 것 모두가 미덕의 탈을 써도
참 미덕은 그대로죠.

맥더프 전 희망을 잃었어요.

맬컴 그 점조차 내 의심을 키웠을지 모르겠소.   25
당신은 왜 처자식을 (그 소중한 사람들,
그 강한 사랑의 매듭을) 무방비 상태로
작별 없이 떠났소? — 빌건대 내 의심이
당신의 불명예가 아니라 내 안전장치가
되게 해 주시오. 당신은 내 생각이 어떠하든   30
올곧을 수 있으니까.

맥더프 조국이여, 피 흘려라!
거대한 폭정이여, 기반을 확립하라,
정의가 널 안 막는다! 부정을 드러내라,
네 권리는 확실하다. — 잘 계세요, 왕자님.
전 당신이 생각하는 악당은 아니 되렵니다,   35
이 폭군이 움켜쥔 모든 땅에 풍요로운
동방을 더해 줘도.

맬컴 노여워 마시오,

전적으로 불신해서 하는 말은 아니니까.
나 또한 조국이 압제에 짓눌리어
울고 또 피 흘리며 밝아 오는 날마다   40
새 상처를 입고 있다 생각하오. 나를 위해
일어날 사람 또한 있으리라 생각하오.
또 인자한 잉글랜드 왕께서 수천 명을
주신다고 합니다. 그럼에도 불구하고
내가 만약 이 폭군의 머리를 짓밟거나   45
내 칼에 꿰게 되면 불쌍한 내 조국은
후계자에 의하여 더 많은 악덕을 경험하고
그 어느 때보다 더 다양한 방식으로
더욱 고통 받을 거요.

맥더프   그자가 누구요?

맬컴   바로 나 자신이오. 내겐 온갖 악덕들이   50
조목조목 너무 많이 접목되어 있어서
그것들이 싹틀 때면 저 검은 맥베스는
눈처럼 깨끗해 보일 테고 불쌍한 백성들은
그자를 한없는 내 해악과 비교하여
양으로 간주할 것이오.

맥더프   저 무서운 지옥의   55
악의 무리 가운데도 맥베스를 이길 놈은
나올 수 없습니다.

맬컴   나도 그가 잔인하고
음탕하고 욕심 많고 거짓되며 잘 속이고

100

성급하고 사악하며 온갖 죄의 냄새를
풍긴다고 인정하오. 그러나 내 색정엔   60
한도 끝도 없어서 당신들의 처와 딸들
기혼녀와 미혼녀를 다 불러도 그 욕조를
채울 수 없을 거요. 또한 내 욕망은
그것에 반대하며 구속하는 장애물을
다 눌러 버릴 거요. 그런 자의 통치보단   65
맥베스가 나을 거요.

맥더프   무절제한 방탕은
내면의 폭정으로 행운의 옥좌를
졸지에 비우게 하였고 수많은 왕들을
몰락게 했지요. 하지만 자기 것을 갖는데
두려워하지는 마십시오. 쾌락을 은밀히   70
충분히 즐기고도 차갑게 보일 수가 —
세상눈은 그렇게 가릴 수가 있답니다.
원하는 여자들도 넘치고요. 높은 분의
그런 뜻을 알고서 자기 몸을 바치려는
수많은 여자들을 다 삼킬 괴물은   75
당신 안에 없습니다.

맬컴   그와 함께 나에겐
끝없는 탐욕이 최고로 막돼먹은 내 성미
한가운데 자라고 있어서 내가 왕이 된다면
영지를 뺏으려고 귀족들을 죽이고
이 보물과 저 저택을 욕심낼 것이며   80

가질수록 돋우어진 내 입맛은 나를 더
배고프게 만들어 충신들을 대상으로
싸움을 날조하여 재산을 빼앗고
파멸시킬 것이오.

맥더프　　　　　　　그러한 탐욕은
여름 한철 색정보다 더 깊이 박혀 있고　　　　85
그 뿌리는 더욱 사악합니다. 그건 또한
왕들을 벤 칼이었죠. 하지만 걱정 마오,
스코틀랜드는 왕실 재산만으로도
그 욕심엔 풍족하오. 다른 미덕 고려할 때
이 모든 건 참을 만합니다.　　　　　　90

맬컴　　근데 내겐 없소이다. 왕에게 어울리는
정의감, 진실성, 절제와 안정감,
관대함, 끈기와 자비심, 겸손함,
경건함, 인내심, 용기와 불굴의 정신은
기미도 안 보이고 각각의 죄악을　　　　95
잘게 많이 쪼개 놓고 수많은 방식으로
범하고 있어요. 예, 내가 만일 집권하면
화합의 꿀물은 지옥으로 쏟아붓고
안녕을 깨뜨리며 세상 모든 조화를
파괴할 것이오.

맥더프　　　　　　오, 스코틀랜드여!　　　　100

맬컴　　이런 자가 통치에 알맞다면 말하시오,
난 얘기한 그대로요.

맥더프	통치에 알맞아요?

살아서도 안 됩니다. — 오, 비참한 나라여!
권리 없는 폭군이 피의 왕홀 잡았으니
언제 다시 네 건강을 회복하게 되겠느냐,　　　　　105
네 옥좌의 진정한 후손이 자신을
금치산자라고 고발하며 자신의 혈통을
능멸하고 있으니? 당신의 부왕께선
최고 성군이셨소. 당신 낳은 왕비께선
무릎을 꿇은 때가 서 있을 때보다 많았고　　　110
매일을 죽어 가며 사셨소. 안녕히 계십시오!
당신이 가졌다고 되뇐 그 해악들 때문에
난 스코틀랜드를 버렸소. — 오, 내 가슴아,
희망은 끝났다!

맬컴　　　　　　　맥더프, 정직성의 산물인
이 고귀한 격정으로 내 마음의 검은 의혹　　115
말끔히 사라졌고 당신의 진심과 명예를
인정하게 되었소. 악마 같은 맥베스가
갖가지 술책으로 자신의 손아귀에
날 넣으려 하였기에 적절히 현명하게
성급한 과신을 자제했소. 그러나 하느님,　　120
저흴 중재하소서! 왜냐하면 바로 지금

111행 죽어 가며 참회하고 속죄하며, 바깥세상과는 인연을 끊고.(고린도전서 15장 31절 참조) (아든)

난 당신의 인도에 내 몸을 맡기고
내 험담을 취소할 테니까. 여기에서
나에게 부과했던 오점과 비난은
내 본성과 상관없다 부인하오. 난 아직   125
여자를 모르고 절대 위증 않았으며
내 것조차 탐내 본 적 거의 없고 한 번도
신의를 깬 적 없소. 마왕조차 그놈의
동료에게 팔지 않고 생명만큼 진실에도
기뻐할 것이오. 나의 첫 거짓말은   130
날 두고 한 이것이오. 참된 나는 당신과
불쌍한 내 조국의 명령을 따르겠소.
사실은 당신이 이리 오기 조금 전에
시워드 노장이 준비 갖춘 전투병
일만을 거느리고 그리로 떠나고 있었소.   135
그런데 우리가 합치면 성공의 가능성이
이 싸움의 정당성과 같아지길. 왜 조용하시오?

맥더프 이렇게 좋은 일과 나쁜 일을 한꺼번에
조정하기 어려워서.

어의 등장.

맬컴   그럼 좀 있다가.
국왕께서 오십니까?   140

어의 예, 왕자님. 한 무리의 비참한 영혼들이

치료를 바라는데 그들의 질병에는
위대한 의술조차 무력하나 하늘은
놀라운 신성을 전하 손에 내리시어
그들은 곧바로 회복하죠.

맬컴   고맙소, 어의.   145

                                        (어의 퇴장)

맥더프 그게 무슨 병인데요?

맬컴   연주창이랍니다.
어진 이 대왕이 행하는 기적 같은 그 일을
내가 이곳 잉글랜드에 머문 이래
여러 번 보았지요. 하늘에게 어떻게
호소를 하시는지 모르나 괴질에 걸려서   150
모두가 붓고 곪아 비참해 보이는
수술로는 절망적인 이들을 치유하오,
성스러운 기도로 한 닢의 금화를
그들 목에 걸어 주며. 그리고 듣자 하니
이 치유의 축복을 왕위 계승자에게   155
물려준다 합니다. 이러한 신통력 외에도
하늘이 준 예언의 능력도 있으시며
갖가지 축복이 옥좌의 주변에 걸렸으니
은총이 충만하단 표시죠.

로스 등장.

맥더프	보시오, 누가 왔나.
맬컴	우리 나라 사람인데 누군지 모르겠소. 160
맥더프	언제나 기품 있는 내 사촌, 어서 와요.
맬컴	이제야 알겠소. 선하신 하느님,
	우리를 낯선 사람 만드는 이 상황을
	늦기 전에 해소해 주소서!
로스	동감이오.
맥더프	스코틀랜드는 여전하오?
로스	아, 불쌍한 나라여! 165
	알아보기 겁이 날 정도요. 어머니가 아니라
	무덤이라 부를 수밖에 없는 거기에선
	무지한 자 말고는 아무도 웃지 않고
	탄식과 신음과 대기 찢는 비명을 토해도
	아무도 주목하지 않으며 격렬한 슬픔은 170
	흔해 빠진 감정 같소. 조종을 듣고도
	누구인지 안 물으며 착한 사람 목숨이
	모자 위의 꽃보다 더 빨리 시들어
	병들기도 이전에 죽습니다.
맥더프	아, 그 얘긴
	어김없는 사실이오!
맬컴	가장 최근 슬픔은요? 175

160행 우리 나라 사람 맬컴은 로스가 스코틀랜드 사람임을 그의 옷으로 알아
본다.

로스　　　한 시간이 지난 건 야유의 대상이죠,
　　　　　매 순간 생기니까.

맥더프　　　　　　　　　　　　　내 아내는 어떻소?

로스　　　글쎄요, 잘 지내오.

맥더프　　　　　　　　　　　　　애들도?

로스　　　　　　　　　　　　　　다 잘 있소.

맥더프　　　이 폭군이 그들의 평화를 깨지는 않았소?

로스　　　그렇소, 내가 떠나 왔을 땐 평안했소.　　　　180

맥더프　　　말을 그리 인색하게 마시오. 어떻소?

로스　　　이 몸이 가슴에 무거운 소식 안고
　　　　　이곳으로 왔을 때 풍문에 의하면
　　　　　수많은 지사들이 나섰다고 하더군요.
　　　　　그 사실에 제 믿음이 더 커지는 이유는　　　185
　　　　　폭군의 군 출동을 보았기 때문이오.
　　　　　지금이 도울 때요. 당신 모습만으로도
　　　　　스코틀랜드엔 군사들이 생기고 여자들도
　　　　　고통을 벗으려고 싸울 거요.

맬컴　　　　　　　　　　　　우리가 갈 테니
　　　　　안심하라 이르시오. 잉글랜드 왕께서　　　190
　　　　　시워드 장군과 일만의 병사를 주셨는데
　　　　　그보다 더 노련한 명장은 기독교권에선
　　　　　나온 적 없답니다.

로스　　　　　　　　　　　이러한 위로에
　　　　　비슷하게 답할 수 있었으면! 제 소식은

사막의 허공에 소리쳐 누구도 그것을   195
잡아 듣지 못해야만 합니다.

맥더프   누구 거요?
만인의 관심사요, 한 사람이 안아야 할
개인적인 슬픔이오?

로스   정직한 사람이면
나눠 가질 비애지만 그 주된 부분은
당신만 해당되오.

맥더프   만약에 내 것이면   200
감추지 마시고 빨리 알려 주시오.

로스   그 귀로 내 혀를 영원히 경멸하지 마시오,
한 번도 못 들어 본 가장 흉한 소리를
들려줄 터이니.

맥더프   음, 짐작이 갑니다.

로스   당신 성이 기습당해 부인과 아이들이   205
짐승처럼 도살됐소. 그 방법을 얘기하면
죽임 당한 가족들의 시체 더미 위에다
당신 주검 더할 거요.

맬컴   자비로운 하늘이여! —
아니, 봐요! 모자 당겨 이마를 덮지 말고
슬픔을 말하시오. 비탄이 입 못 열면   210
미어지는 가슴에게 터지라고 속삭인답니다.

맥더프   아이들도?

로스   부인과 아이들, 하인들,

발각된 모두 다.

맥더프　　　　　　　　　근데 난 떠나야 했으니!

아내도 죽임을?

로스　　　　　　　말하였소.

맬컴　　　　　　　　　진정하오.

자 우리 위대한 복수의 약을 지어　　　　　　215

치명적인 이 비탄을 치료해 봅시다.

맥더프　그에겐 자식이 없어요. ― 귀여운 것 모두를?

모두라 하였소? ― 오, 지옥 솔개 같으니! ― 다?

아니, 귀여운 내 병아리와 암탉을 모조리

사나운 일격으로 낚아채?　　　　　　220

맬컴　남자답게 처리하오.

맥더프　　　　　　　그리할 것이오.

하지만 남자처럼 느끼기도 해야겠소.

내게 그런 소중한 것들이 있었음을

잊을 수가 없소이다. ― 하늘은 쳐다보고

그들 편을 안 들었소? 죄 많은 맥더프!　　　225

너 때문에 다 죽었다. 내가 사악하므로

―――――――――

217행 그에겐…없어요　세 가지 설명이 가능한데, 1)‘그’는 맬컴을 가리키며, 그가 만일 자기 자식이 있다면 슬픔의 치료약으로 복수를 제안하지는 않을 것이다, 2)‘그’는 맥베스를 말하며, 그가 자식이 없기 때문에 맥더프는 같은 식으로 복수할 수 없다, 3)‘그’는 역시 맥베스를 가리키며 그가 만일 자기 자식이 있다면 맥더프의 자식들을 죽이는 것과 같은 일은 절대 하지 않았을 것이다. (아든)

그들의 과실이 아니라 나의 과실 때문에
참살이 떨어졌다. 이젠 고이 잠들기를!

맬컴 이 일로 칼을 갈고 비탄을 분노로 바꾸며
마음을 진정 말고 격노하게 만드시오.   230

맥더프 오! 저도 이 눈으로 여자처럼 울고불고
이 혀로 떠벌릴 수 있답니다. — 하지만
친절한 신께선 일각도 지체 없이 저 자신을
이 스코틀랜드의 악마와 정면 대결 시키소서.
제 칼끝에 그를 놓아 주시되 벗어나면   235
그도 용서하소서!

맬컴   그것 참 남자다운 곡조요.
자, 국왕께 갑시다. 우리 군은 준비됐고
작별만 남았소. 맥베스는 흔들어도 될 만큼
무르익은 상태이고 하늘의 천사들도
무장을 갖추었소. 기운을 차리시오,   240
밤이 긴 건 아침이 오지 않을 때랍니다.

(모두 퇴장)

5막 1장
어의와 시녀 등장.

어의 이틀 밤을 함께 지켜보았지만 당신의 보고가
진실인지 알 수 없군요. 마지막으로 배회하

신 게 언제였지요?

시녀 전하께서 싸움터로 나가신 후인데, 침대에서
일어나 잠옷을 걸치고 장롱을 연 다음 종이   5
를 꺼내고 그걸 접어 그 위에 뭘 쓰고 읽은
다음 봉인하고 다시 침대로 돌아가시는 걸
보았습니다. 그런데 이 모든 일을 하시면서
도 아주 깊은 잠에 들어 계셨어요.

어의 심신에 큰 이상이 있으십니다, 수면의 혜택   10
을 받으면서 동시에 깨 있을 때 행동을 하시
다니! 그러한 몽유 중에 걷기와 다른 실제
행동 외에 어느 때든 무슨 말씀을 들은 적은
없었소?

시녀 그건 그대로 보고하지 않겠어요.   15

어의 내겐 할 수 있소, 아주 마땅히 그래야 하오.

시녀 제 말을 확인해 줄 증인이 없이는 어의가 아
니라 누구에게도 못 합니다.

　　　　맥베스 부인, 촛불 들고 등장.

저 보세요! 오셔요. 바로 이런 식이에요. 그
리고 맹세코 깊이 잠들었어요. 관찰해 보세   20
요, 몸을 숨기고.

――――――――――

5막 1장 장소 던시네인 성 안.

어의 저 불은 어떻게 가져왔소?

시녀 그야 옆에 있었으니까요. 곁에 항상 촛불을 두고 계십니다, 그리 명령하셨어요.

어의 저거 봐요, 눈은 뜨고 있는데.   25

시녀 예, 하지만 시각은 닫혔어요.

어의 지금 하시는 일이 뭐지요? 봐요, 저렇게 손을 싹싹 비비다니.

시녀 저렇게 손을 씻는 것 같은 행동은 습관이랍니다. 계속해서 십오 분 동안이나 저리하시   30 는 걸 본 적도 있어요.

맥베스 부인 여기에 아직도 자국이.

어의 쉿! 말을 하십니다. 입 밖으로 나오는 걸 적어 뒀다가 기억을 보강하는 데 써야지.

맥베스 부인 저주받은 자국아, 없어져라! 제발 없어   35 져! — 하나, 둘. 아니, 해치울 시간이 됐잖아. — 지옥은 캄캄해. — 에이, 여보, 에이! 군인이면서 두려워요? — 누가 알든지 두려워할게 뭐예요, 아무도 우리의 권력을 시비할 수 없는데? — 그런데 그 늙은이 몸에 피가 그렇   40 게 많을 줄이야 누가 상상이나 했겠어요?

어의 저 말 잘 들었어요?

맥베스 부인 파이프 영주에겐 아내가 있었죠. 지금은 어

43행 파이프 영주 맥더프.

됐죠? — 아니, 이 손은 절대 깨끗해지지 않
을 건가? — 그건 그만, 여보, 그건 그만. 그렇   45
게 깜짝깜짝 놀라시면 다 망쳐요.

어의 저런, 저런, 알지 말아야 될 일을 아셨군요.

시녀 하지 말아야 될 말을 하셨어요. 그건 확실해
요. 무엇을 알고 계시는지는 아무도 모릅니다.

맥베스 부인 아직도 여기에 피 냄새가 남았구나. 아라비   50
아 향수를 다 뿌려도 이 작은 손 하나를 향
기롭게 못 하리라. 오! 오! 오!

어의 저 무슨 한숨인가! 마음이 무겁게 짓눌려 있
구나.

시녀 내 가슴에 저런 마음을 지니지는 않겠어요,   55
저 몸값 전부를 준다 해도.

어의 글쎄, 글쎄, 글쎄요.

시녀 나으시면 좋겠어요.

어의 이 병은 내 의술로는 안 됩니다. 그렇지만 자
면서 걸어 다니다가 침대 위에서 경건하게   60
죽는 사람들도 보았소.

맥베스 부인 손을 씻고 잠옷을 입으세요. 그렇게 창백하
게 응시하진 말아요. — 또다시 말하지만 뱅
쿠오는 묻혔어요, 무덤에서 못 나와요.

어의 그런가?   65

맥베스 부인 자러 가요, 자러 가. 누가 문을 두드리네. 자,
자, 자, 자, 손을 이리 줘요. 끝난 일은 돌이킬

수 없어요. 자러 가요, 자러 가요, 자러 가요.

(퇴장)

어의　이제 자러 가십니까?

시녀　곧바로.　　　　　　　　　　　　　　　　　　　　70

어의　더러운 소문이 떠돕니다. 이상한 행위는
　　　이상한 문제를 일으키니 그걸 본 자들은
　　　귀먹은 베개에다 비밀을 토할 거요.
　　　그녀는 의사보다 신부가 더 필요하오.
　　　하느님, 저희 죄를 사하소서! 돌보시오,　　　　75
　　　자해의 수단을 모조리 제거하고
　　　언제나 지켜봐요. ─ 편한 밤 보내시오.
　　　그녀 땜에 내 맘은 혼동됐고 시각은 혼란됐소.
　　　생각은 있지만 말 못 하오.

시녀　　　　　　　　　　　　　　잘 자요, 의원님.

(함께 퇴장)

5막 2장
고수 및 기수와 함께 멘티스, 케이스니스,
앵거스, 레녹스 및 병사들 등장.

멘티스　잉글랜드 군대가 다가왔고 그 선봉은
　　　　맬컴과 그의 숙부 시워드 및 맥더프요.
　　　　복수에 불타는 그들의 사무친 원한이면

	마비된 자라도 일으켜 무서운 혈전 속에
	뛰어들게 할 겁니다.
앵거스	버남 숲 근처에서 5
	꼭 만날 것이오, 그쪽으로 오니까.
케이스니스	도널베인이 형과 함께 있는지 아십니까?
레녹스	분명히 없습니다. 귀족들의 명단이
	내게 다 있는데 시워드 장군의 아들과
	바로 지금 처음으로 성년임을 선포한 10
	젊은이가 많습니다.
멘티스	폭군은 무얼 하오?
케이스니스	던시네인 언덕을 강화하고 있소이다.
	누군 그가 미쳤다 말하고 미움이 덜한 자는
	만용의 광기라고 하지만 그는 분명
	불만에 찬 이 나라를 질서라는 혁대로 15
	묶을 수 없답니다.
앵거스	자기 손에 들러붙은
	은밀한 살인을 이젠 정말 느낄 테고
	탈영병은 연이어 그의 배신 행위를 꾸짖죠.
	그의 하수인들은 명령에만 움직이지
	충성심은 없소이다. 지금에야 그 왕권이 20
	거인의 예복처럼 난쟁이 도둑 몸엔
	헐렁함을 느끼겠죠.

5막 2장 장소 던시네인 근처.

멘티스	그 누가 욕하겠소,

멘티스　　　　　　　　　그 누가 욕하겠소,
괴로운 그 마음이 움츠리고 놀란다고?
몸 안의 모든 것이 거기 있단 사실을
자책하고 있는데?

케이스니스　　　　　　　자, 계속 진군합시다,　　　25
충성을 정말로 바칠 곳에 바칩시다.
병든 이 나라의 치료약을 만나서
그와 함께 우리 피를 이 나라의 정화에
남김 없이 쏟읍시다.

레녹스　　　　　　　　　또는 군주 꽃에는
이슬을 내리고 잡초는 익사할 만큼을.　　　30
버남 숲 쪽으로 진군해 갑시다.

　　　　　　　　　　　　(행군하며 함께 퇴장)

5막 3장
맥베스, 어의 및 시종들 등장.

맥베스　　보고는 그만해라. 다 도망치라고 해.
버남 숲이 던시네인 언덕으로 오기까진
난 공포에 안 졸아. 애송이 맬컴이 무언데?

27행치료약 맬컴을 말한다.
5막3장장소 던시네인 성 안.

여자가 안 낳았어? 인간의 결말을
다 아는 귀신들이 이렇게 공언했다.   5
'맥베스는 염려 마라, 여자가 낳은 자는
절대 너를 못 이긴다.' 도망쳐라, 영주 놈들,
쾌락 찾는 잉글랜드 놈들과 어울려라.
늠름한 내 기상과 심장은 절대로
의심으로 처지거나 공포에 떨지 않아.   10

                하인 등장.

악마가 검게 태울 그 희뿌연 상판 하곤!
그따위 거위 얼굴 어디서 가져왔어?

하인　　저기에 일만의 —

맥베스　　　　　　　거위라고?

하인　　　　　　　　　　군사요.

맥베스　가, 낯이나 찔러서 너의 그 두려움을 붉혀 봐,
간덩이 작은 자식. 무슨 군사, 이 광대야?   15
혼 빠져 죽어라! 그 백짓장 볼때기는
겁주기 알맞구나. 무슨 군사, 흰 상판아?

하인　　잉글랜드군입니다.

맥베스　그 얼굴 좀 치워라.　　　　　(하인 퇴장)
　　　　　　　　　　— 세이턴! — 쳐다보면
메스껍다. — 여봐라, 세이턴! 이 위기로   20
나는 늘 기쁘거나 당장 쫓겨날 것이다.

난 살 만큼 살았다. 내 인생의 결과는
시들고 노래진 낙엽으로 전락했고
늘그막에 따라야 할 명예, 사랑, 복종과
많은 친구 같은 것을 가지게 될 거라고   25
기대해선 안 되며, 그런 것들 대신에
낮지만 깊은 저주, 입 발린 아첨을 들으니
불쌍한 마음은 부인하고 싶으나 감히 못 해.
세이턴! —

세이턴 등장.

세이턴   부르셨습니까?

맥베스   별다른 소식은?   30

세이턴   보고된 건 모두 확인됐습니다, 전하.

맥베스   난 싸운다, 뼈에서 살점이 찢겨 나갈 때까지.
갑옷을 이리 다오.

세이턴   아직 필요 없습니다.

맥베스   입겠다.
기마병을 더 내보내 전국을 뒤져라.   35
무섭다는 놈들은 목을 매. 갑옷을 가져와.
환자는 어떻소, 어의?

어의   병환이 아니라
빽빽이 밀려오는 환상들에 시달려
휴식을 못 취하십니다.

맥베스	그걸 고치라니까.
	어의는 마음 아픈 사람에게 약을 주어 40
	기억 속에 뿌리박힌 슬픔을 뽑아내고
	뇌수에 쓰여 있는 고통을 싹 지우며
	망각을 불러오는 달콤한 해독제로
	왕비의 심장을 짓누르는 위험한 것들을
	그 답답한 가슴에서 못 씻어 내는가?
어의	그 일은 45
	환자가 스스로 해야만 하십니다.
맥베스	의술은 개한테나 던져 줘라. 난 안 가져. —
	자, 갑옷을 입혀라. 내 창을 이리 주고. —
	세이턴, 내보내. — 어의, 영주들이 도망쳐. —
	자 이봐, 서둘러. — 어의, 그대가 이 나라의 50
	오줌을 검사하고 병을 찾아 몰아낸 뒤
	건강한 원 상태로 돌릴 수만 있다면
	메아리가 그대를 다시 칭찬할 때까지
	내 그대를 칭찬하리. — 벗기라니까. —
	어떤 대황, 센나 또는 설사하는 약으로 55
	잉글랜드 놈들을 쓸어 내지? — 소문은
	들었나?
어의	예, 전하. 저희도 전하의 당당한 준비로
	듣는 바가 있습니다.

55행 대황, 센나 둘 다 설사약이다.

맥베스	그건 이따 가져와. ―

던시네인 언덕으로 버남 숲이 올 때까진

난 죽음도 파멸도 겁내지 않을 테다.   (퇴장)   60

어의	(방백) 던시네인 이 언덕을 떠날 수만 있다면

득 보려고 여긴 다시 절대 아니 올 것이다.

(함께 퇴장)

5막 4장

고수 및 기수와 함께, 맬컴,

노장 시워드와 그의 아들, 맥더프, 멘티스,

케이스니스, 앵거스, 레녹스, 로스 및

행군하는 병사들 등장.

맬컴	여러 친척들이여, 잠자리가 안전할 그날이

가깝다고 믿습니다.

멘티스	의심할 바 없습니다.
시워드	우리 앞의 이 숲은?
멘티스	버남의 숲입니다.
맬컴	병사들은 모두 다 가지를 하나씩 잘라서

각자 앞에 들라 하라. 그리하면 아군은   5

숫자를 감추고 적군의 정찰은 보고할 때

5막 4장 장소 던시네인. 버남 숲 근처.

실수하게 될 것이다.

병사   그리하겠습니다.

시워드   우리가 아는 건 저 대담한 폭군이
던시네인 언덕을 지키며 우리의 공격을
견디리란 것뿐이오.

맬컴   그게 그의 희망이죠.   10
왜냐하면 달아날 기회만 있으면
위아래 모두가 반기 들고 달아났고
마음 없이 강요당한 것들 외엔 누구도
그를 돕지 않으니까.

맥더프   그 판단이 옳은지는
결과에 맡기고 우리는 군인의 임무를   15
근면하게 다합시다.

시워드   곧 내려질 판결로
우리가 무엇을 얻었고 무엇을 빚졌다고
말할 수 있을 때가 다가오고 있소이다.
불확실한 희망은 추측으로 가능하나
확실한 결말은 싸워야지 날 터이니   20
전투를 그쪽으로 이끕시다.

(행군하며 함께 퇴장)

5막 5장

고수 및 기수와 더불어 맥베스, 세이턴과

군인들 등장.

맥베스   아군의 깃발을 성벽 밖에 내걸어라.

'온다!'라고 연거푸 외친다. 우리 성의 전력에

포위 따윈 가소롭다. 여기 주둔하라 그래,

기근과 오한에 모조리 잡아먹힐 때까지.

우리 쪽에 있어야 할 자들이 그놈들과   5

합세하지 않았던들 수염에 수염을 맞대고

격퇴시킬 터인데. 저게 무슨 소리냐?

(안에서 여자들의 울음)

세이턴   여자들이 울부짖는 소립니다, 전하.   (퇴장)

맥베스   무서움의 맛을 난 거의 잊어버렸다.

한밤에 비명 듣고 내 모든 감각이   10

오싹했던 때도 있고 내 머리 가죽이

암울한 말 들으면 산 것처럼 일어나

꿈틀거린 적도 있다. 난 공포를 포식했어,

살기 품은 내 생각에 흔히 있는 전율에도

놀랄 수가 없으니까.

세이턴 다시 등장.

5막 5장장소 던시네인 성 안.

	웬 울음소리였지?	15
세이턴	전하, 왕비께서 돌아가셨습니다.	
맥베스	이다음에 죽었어야 했는데.	
	그런 말에 맞는 때가 있었을 테니까.	
	내일과 또 내일과, 내일과 또 내일이	
	이렇게 쩨쩨한 걸음으로, 하루, 하루,	20
	기록된 시간의 최후까지 기어가고	
	우리 모든 지난날은 죽음 향한 바보들의	
	흙 되는 길 밝혀 줬다. 꺼져라, 꺼져라,	
	짧은 촛불!	
	인생이란 움직이는 그림자일 뿐이고	
	잠시 동안 무대에서 활개치고 안달하다	25
	더 이상 소식 없는 불쌍한 배우이며	
	소음, 광기 가득한데 의미는 전혀 없는	
	백치의 이야기다.	

사자 등장.

	헛바닥을 놀리려고 왔을 테니 빨리 말해.	
사자	자비로우신 전하,	30
	전 봤다고 말할 것을 고해야 하오나	
	어떡할지 모르겠사옵니다.	
맥베스	말해 봐라.	
사자	제가 언덕 위에서 경계를 서면서	

버남 쪽을 봤는데 그 순간 제 생각에
숲이 움직였습니다.

맥베스   거짓이다, 비열한 놈!   35

사자 틀렸다면 전하의 진노를 견디겠습니다.
삼 마일 안에서는 오는 것이 보이는데
움직이는 숲입니다.

맥베스   네 말이 거짓이면
굶어서 말라 죽을 때까지 가까운 나무에
산 채로 매달 테다. 네 말이 참이면   40
같은 만큼 내게 해도 상관치 않겠다.
내 결심은 약해지고 거짓을 진실처럼
모호하게 말했던 그 악마의 궤변이
의심되기 시작한다. '던시네인 언덕으로
버남 숲이 올 때까진 걱정 마라.' — 그런데   45
숲이 오고 있잖아. — 무장하고 출전하라! —
이놈이 단언하는 그게 정말 보인다면
도망을 치지도 머물러 있지도 못하리라.
난 태양이 지겹게 느껴지기 시작했고
온 우주가 이제는 끝장나면 좋겠다. —   50
경종을 울려라! — 바람 불고! 파멸아, 오너라!
적어도 짐은 꼭 무장한 채 죽으리라.

                                                    (함께 퇴장)

5막 6장

고수 및 기수와 함께, 맬컴, 노장 시워드, 맥더프,
그 밖의 사람들과 가지를 든 군대 등장.

맬컴　자, 충분히 가까웠다. 가리개를 버리고
원래의 모습을 보여라. ─ 숙부님께서는
참으로 고귀한 아들인 제 사촌과 더불어
첫 전투를 이끄시고 맥더프 님과 짐은
나머지 임무를 정해진 순서 따라　　　　　　　　5
처리하겠습니다.

시워드　　　　　　　　안녕히 계십시오. ─
폭군의 군대를 오늘 저녁 찾기만 하고서
싸우지 못한다면 매를 맞겠습니다.

맥더프　나팔을 다 불어라, 힘차게 불어라,
혈투와 죽음을 요란하게 예고하라.　　　　　　10

　　　　　　　　(모두 퇴장. 경종은 계속된다.)

5막 7장

맥베스 등장.

맥베스　놈들이 날 말뚝에 매어 놨다. 도망도 못 치고

5막 6장 장소　던시네인 성 바깥.

곰처럼 한판 싸워 내야 한다. ─ 누구냐,
여자가 안 낳은 자? 그런 자가 없다면
난 아무도 안 두렵다.

시워드 청년 등장.

시워드 청년 네 이름은?

맥베스 들으면 두려울 것이다. 5

시워드 청년 아니다, 네 이름이 지옥의 누구보다
더 독하다 할지라도.

맥베스 내 이름은 맥베스다.

시워드 청년 마왕 자신이라도 내 귀에 더 미운 이름을
들려주진 못할 거다.

맥베스 암, 더 두려운 이름도.

시워드 청년 거짓이다, 가증스러운 폭군아. 내 칼로 10
네 거짓을 입증하마.

(둘이 싸우다가 시워드 청년이 살해된다.)

맥베스 넌 여자가 낳았어. ─
칼 따위는 우습고 무기는 가소롭다,
여자가 낳은 놈이 그걸 휘두른다면. (퇴장)

───────────

5막7장장소 던시네인 성 바깥.
2행곰처럼 말뚝에 곰을 묶어 놓고 사냥개들을 풀어 싸우게 만드는 곰 놀리
기는 당시 영국 사람들이 매우 즐기던 놀이였다. (아든)

나팔 소리. 맥더프 등장.

맥더프   저쪽이 소란하다. ― 폭군아, 나 좀 보자.
          내 칼을 맞지 않고 네놈이 살해되면   15
          처자식의 망령들이 영원히 날 쫓을 거다.
          돈에 팔려 창을 잡은 초라한 용병들을
          찌르진 못하겠다. 맥베스 네놈이 아니라면
          내 칼날은 깨끗하게 아무 일도 않은 채
          칼집으로 돌아간다. 저기에 있겠구나,   20
          큰 소리로 보아하니 거물급 한 명이
          출현한 모양이다. 운명아, 그를 찾게 해 다오,
          더는 애원 않을 테니.   (퇴장. 경종)

맬컴과 노장 시워드 등장.

시워드   이쪽으로. ― 성을 곱게 내놓았습니다.
          폭군의 부하들은 양편에서 싸우고   25
          영주들은 전투에서 용맹을 떨칩니다.
          왕자님의 승리가 거의 확실해져서
          할 일이 없습니다.
맬컴   우리 몸을 비켜 치는

17행 용병들 맥도널드가 반란에 이용했던 꼭 같은 종류의 병사들을(1.2.13)
이제는 맥베스가 쓰고 있다.

적군들도 만났소.

시워드   성안으로 드십시오.

(함께 퇴장. 경종)

5막 8장

맥베스 등장.

맥베스   내가 왜 얼간이 로마인 행세를 하면서
내 칼로 죽어야 해? 산 놈들이 보이는 한
멋지게 베어 주자.

맥더프 다시 등장.

맥더프   돌아서라 지옥 개야!

맥베스   모든 사람 가운데 난 너를 피해 왔다.
하지만 물러서라, 내 영혼은 너의 피로   5
이미 너무 꽉 차 있다.

맥더프   말은 하지 않겠다.

5막 8장 장소 던시네인 성 바깥.
1~2행 내가…해 로마의 장수들인 카토, 브루투스, 안토니처럼 전쟁에 졌을 때 사로잡히는 굴욕을 면하기 위하여 자결하는 그런 바보 같은 관습을 왜 내가 따라야 하는가?

내 목소린 칼에 있다, 너, 표현을 못 할 만큼
잔인한 놈!   (둘이 싸운다.)

맥베스   네놈은 헛수고를 하고 있어.
예리한 네 칼로 허공에 자국을 내는 것이
내 피를 보기보다 더 쉬울 테니까.   10
그 칼로는 깰 수 있는 투구나 내려쳐라.
난 불사신, 여자가 낳은 자 그 누구에게도
굴복할 수 없느니라.

맥더프   불사신아 절망해라.
네가 항상 섬겨 왔던 수호신이 말할 거야,
맥더프는 때 이르게 그 어미의 자궁을   15
찢고 나왔노라고.

맥베스 그 말 하는 혓바닥은 염병에나 걸려라,
그것이 내 기백을 꺾어 놓았으니까.
그리고 이중의 뜻으로 우리를 속이는
사기꾼 악마들은 아무도 믿지 마라,   20
우리들의 귓전까진 약속을 지키다가
희망하면 깨 버린다. ─ 난 너와 안 싸운다.

맥더프 그러면 항복해라, 비겁한 놈.
살아남아 이 세상의 구경거리 되어라.
우린 너의 그림을 희귀한 괴물처럼   25
장대에 매달고, 그 밑에 '폭군을 보시오',
그렇게 쓸 거야.

맥베스   항복하지 않겠다,

나이 어린 맬컴의 발밑 땅에 키스하고
잡놈들이 욕 퍼붓는 놀림감은 안 될 거다.
던시네인 언덕으로 버남 숲이 왔지만   30
대적하는 네놈이 여자 소생 아니지만
난 끝까지 해 보겠다. 이 무사의 방패는
내 던져 버린다. 덤벼라, 맥더프, 그리고
'멈춰!'라고 하는 놈은 지옥에나 떨어져라!
         (싸우며 함께 퇴장. 경종. 싸우며 다시 등장하고
                                    맥베스가 살해된다.)

5막 9장

퇴각. 팡파르. 기수 및 고수들과 함께
맬컴, 노장 시워드, 로스, 영주들 및
병사들 등장.

맬컴   여기 없는 아군들이 무사하길 바랍니다.

시워드 몇은 퇴장하겠지만 이 숫자로 보건대
        이만한 대성공을 값싸게 얻었군요.

맬컴   맥더프가 안 보이오, 장군의 아들도.

로스   장군님, 아드님은 군인의 빚을 갚았습니다.   5
        성년이 되었을 때까지만 살았는데

5막 9장 장소 던시네인 성 안.

무용으로 성년임을 입증하는 그 순간
싸우던 자리에서 물러서지 아니하고
남자답게 죽었지요.

시워드 　　　　　　　그러면 죽었군요?

로스 예, 후송되었습니다. 장군의 슬픔을　　　　　10
그의 가치만으로 헤아리면 안 되지요,
그러면 끝이 없을 테니까.

시워드 　　　　　　　상처는 앞이었소?

로스 예, 이마에.

시워드 　　　　　그렇다면 하느님의 병사로다!
머리카락만큼이나 많은 아들 있다 해도
더 고운 죽음을 바라지는 않겠소.　　　　　15
자, 조종은 끝났소.

맬컴 　　　　　　그는 더 슬퍼할 만하니
제가 값을 치르지요.

시워드 　　　　　　값어치는 더 없지만
그 애가 잘 떠났고 자기 빚을 갚았다니
신의 가호 있기를! ─ 새로운 위안이 옵니다.

맥더프, 맥베스의 머리 들고 다시 등장.

맥더프 국왕 만세! 그대이시니까. 보시오, 찬탈자의　　　20
저주받은 수급이 꽂힌 곳을. ─ 세상은
해방됐소.

보아하니 그대를 둘러싼 왕국의 진주들은
이 사람의 환호를 맘속으로 말하는데
그들의 목소리를 제가 크게 외치지요. ―
스코틀랜드 왕 만세!

모두   스코틀랜드 왕 만세!   25

                       (요란한 나팔)

맬컴   짐은 긴 시간이란 큰 비용을 쓰기 전에
여러분 각자의 충성심을 헤아려
빚 청산을 할 것이오. 친척 영주 여러분,
백작들이 되시오, 스코틀랜드 최초의
영예로운 칭호요. 앞으로 더 해야 하고   30
이 시대에 새롭게 시작해야 할 일과 ―
예를 들면 감시하는 폭정의 덫을 피해
망명한 동지들을 고국으로 부르고
이 죽은 백정과 난폭한 손으로
스스로 목숨을 끊었다고 생각되는   35
악마 같은 왕비의 무자비한 앞잡이를
밝혀내는 일들과 ― 짐에게 요구되는
그 밖의 일들은 하느님의 은총으로
시간, 장소, 무게 따라 처리할 것이오.
그러므로 두루두루 한꺼번에 감사하고   40
스쿤의 대관식에 초청하는 바이오.

              (요란한 나팔. 함께 퇴장)

―――――――――

21행꽃힌곳 장대 끝.

맥베스의 야심과 양심

월리엄 셰익스피어(1564~1616)는 『티투스 안드로니쿠스』
(1593~1594)를 시작으로 『아테네의 티몬』(1607~1608)까지 총
열 편의 비극을 썼다. 이들 비극은 그 내용이 다양하여 한마
디로 정의하기는 어렵다. 그러나 이들이 비극으로 분류되는
이유는 적어도 두 가지 공통 요소를 갖추고 있기 때문이다.
우선 이들은 우리 관객이나 독자들에게 전체적으로 기쁨보다
는 슬픔을 준다. 그 슬픔의 성격이 단순하거나 복잡할 수도
있고 그 정도가 약하거나 강할 수도 있지만 어쨌든 우리의 마
음을 가라앉힐 뿐 들뜨게 하지는 않는다. 둘째, 극의 시작은
비록 가볍거나 희극적일 수 있어도 그것은 곧 타협할 수 없는
갈등으로 치닫고 결국에는 주인공의 죽음으로 마무리된다. 그
러면 이제부터 비극의 두 핵심 요소 가운데 하나인 죽음이란

공통분모를 통하여 간략하게 소개해 보기로 하자.

『맥베스』(1606)에서는 여섯 명의 등장인물이 죽는다. 그들을 죽는 순서대로 말하면 덩컨 왕, 뱅쿠오, 맥더프 부인과 어린 아들, 맥베스 부인, 시워드 청년, 그리고 맥베스이다. 이 가운데 이 비극의 비교적 앞부분(2막 3장)에서 나타나는 덩컨 왕의 죽음은 앞으로 있을 맥베스의 죽음을 담보하는 사건이다. 맥베스는 그를 죽임으로써 자신의 죽음을 예약하기 때문이다. 그리고 맥더프 부인과 그 아들의 죽음은 맥베스의 잔인함과 맥더프의 복수를 강화하는 요인으로 작용하고 맥베스 부인의 죽음은 곧이어 다가올 맥베스의 죽음과 그것의 의미를 미리 보여 주는 역할을 한다. 그리고 극의 막바지에 나오는 시워드 청년의 죽음은 맥베스가 마녀들로부터 들은 예언, 즉 "여자가 낳은 자는 아무도/맥베스를 못 해칠"(4.1.82~83.) 것이라는 사실을 잠시 입증해 주는 역할을 한다. 하지만 곧이어 등장한 맥더프가 자신은 제왕 절개로 태어났다고 말함으로써 맥베스의 기를 꺾어 놓는다. 이렇게 등장인물들의 죽음을 요약했을 때 이 비극에서 가장 중요한 죽음은 주인공 맥베스의 것이고, 그 핵심 주제는 그가 덩컨을 죽이고 본인도 죽게 되는 과정에서 드러난다.

『맥베스』의 핵심 주제는 야망으로 표현되는 권력욕이다. 권력욕은 모든 인간에게 공통된 욕망이다. 인간에게는 누구든지 타인 위에 군림하고 싶은, 자기가 더 힘센 존재라는 사실을 드러내고 싶은, 그래서 존경과 선망과 추앙을 받고 싶은 욕망이 있는데 이를 포괄적으로 권력욕이라 말한다. 그리고 이 욕망의 만족은 우리에게 커다란 기쁨을 주기 때문에 우리 모두는 권력욕을 의식적, 무의식적으로 표현하면서 그것을 만족시키려고 한다. 물론 그것을 적당한 범위에서 정상적이고 자연스러운 방법으로, 자신의 능력으로, 그리고 타인에게 피해를 주지 않는 방식으로 채워야 함은 두말할 필요가 없을 것이다. 그런데 그것이 때로는 한 인간을 너무나 갑자기, 너무나 강력하게 사로잡아 이성의 통제력이 무너질 때 그것은 그로 하여금 비정상적인 수단과 방법을 쓰게 만들면서 모든 법적, 도덕적 제약을 넘어 목적을 달성하도록 만든다. 또한 권력욕에 넘어간 사람에게는 죄를 짓게 되는 첫걸음이 어렵지 일단 빠지면 헤어나기가 쉽지 않다. 그래서 지난 죄를 뉘우치고 돌아가려고 해도 쌓인 죄의 무게 때문에 자포자기하고 오히려 바닥을 침으로써 끝장을 보려 한다. 그런데 지금까지 설명한 한 인간의 비극적인 예시가 바로 우리의 주인공 맥베스이다.

맥베스는 5막 8장의 마지막에서 맥더프의 손에 의해 죽는다. 그는 어떤 인물보다도 맥더프를 피하려고 했다. 그가 왕이 되는 과정에서 그리고 그 이후로도 여러 인물을 죽였지만 그 가운데서도 가장 불필요한 그리고 가장 관객들의 동정심을 크게 불러일으킨 사건이 바로 맥더프의 성을 급습하여 그의 부인과 어린 아들을 무자비하게 죽게 만드는 일이었다. 따라서 맥베스의 영혼은 본인의 말 그대로 맥더프의 피로 "너무 꽉 차 있다."(5.8.5~6.) 따라서 "표현을 못 할 만큼/잔인한"(5.8.7~8.) 맥베스가 맥더프의 손에 의해 죽는 것은 어쩌면 당연한 인과응보이다. 그리고 그의 수급은 맥더프가 들고 나와 그 초라하고 비참한 최후를 모두에게 전시한다. 또한 극중 인물 가운데 어느 누구도 그의 죽음을 슬퍼하거나 애석해하지 않는다. 새롭게 왕으로 추대된 맬컴은 심지어 그를 가리켜 "백정"(5.9.35.)이라 부른다. 이것이 그에 대한 모두의 평가이고 관객이나 독자들도 대충 거기에 동의한다. 한마디로 그의 죽음에는 아무런 의미가 없어 보인다. 이는 다른 비극의 주인공들의 죽음과 비교해 보면 그 특이함을 금방 알 수 있다. 예를 들면 햄릿의 영혼은 호레이쇼가 천상으로 인도하고, 리어 왕은 자신과 운명을 같이하다 먼저 간 코델리아를 안고 죽으며, 죄 없는 자기 아내 데스데모나를 죽인 오셀로조차 자신을 찌른 다음 그녀에게 키스하며 죽음으로써 속죄 의식을 치른다. 그런데 맥베스는 죽는 순간 보여 준 용기 ─"난 끝까지 해 보겠다."(5.8.32.) ─ 말고는 그의 죽음에 아무런 긍정적인 의미가 없는 것처럼 보인다.

그렇다면 그 이유는 무엇일까? 그것은 그가 야심의 유혹에 넘어간 순간부터 인간의 삶을 삶답게 만드는 주요 요소를 하나씩 약화시키거나 없애 버림으로써 그의 마지막 죽음을 단순히 하나의 육체적인 현상으로, 아무런 가치도 의미도 없는 사건으로 전락시켰기 때문이다. 그래서 우리는 그의 죽음의 의미를 그가 죽는 순간과 그 후의 평가에서 찾을 게 아니라 오히려 그가 살아 있는 동안 소멸시킨 삶의 핵심 요소에서 찾아야만 한다.

맥베스가 권력욕에 사로잡혀 그것을 만족시키는 과정에서 첫 번째로 희생당한 제물은 바로 그의 양심이다. 인간의 삶에서, 특히 그의 도덕적인 삶에서 가장 중요한 덕목은 양심이고, 이것이 없는 사람은 죄인이거나 동물 수준의 삶을 살거나 아니면 비유적으로 죽은 사람이라고 할 수 있다. 그런데 맥베스는 이 양심을 죽여 버린다. 이는 물론 맥베스의 양심이 처음부터 약하거나 없었다는 말은 아니다. 오히려 그 반대로 맥베스의 비극은 그의 양심이 그의 야심에, 그리고 그가 야심을 이루려는 수단과 방법에 강력하게 반발하기 때문에 우리에게 더 아프게 다가온다. 예를 들면 맥베스는 마녀들의 세 가지 환영 인사 — "맥베스를 환영하라! 글래미스 영주시다! (중략) 코도의 영주시다! (중략) 왕이 되실 분이다."(1.3.48~50.) — 가운데 첫째는 자신의 현 직위로서 사실에 부합하지만 둘째는 타인의 것으로 불가능했는데 왕의 전령으로 온 로스에 의해 그것이 현실로 밝혀지자 야심이 발동하기 시작한다. 마녀들이 앞선 두 직위를 알아맞힌 일을 "진실"(1.3.127.)로 해석하면서 세 번째도 같은 진실이 되는 꿈을 꾼다. 그러나 이 꿈은 그의 양심으로부터 커다란 저항을 받는다. 왜냐하면 왕이 되는 상상으로 그리고 그 수단으로 살인을 떠올리는 그에게 그의 양심은 그의 머리칼을 쭈뼛하게, 심장은 갈비뼈를 두드리게, 온몸은 뒤흔들리게, 그리고 그의 심신의 기능은 억측으로 소멸되어 "없음 밖에 있는 건 아무것도 없"게 만들기 때문이다.(1.3.134~142.) 다시 말하면 양심은 그가 꿈꾸는 살인에 그것의 온몸을 던져 저항한다. 그 결과 그는 악한 마음을 접으려고 한다. 그가 구태여 살인을 저지르지 않아도 운명으로 예정된 일은 저절로 실현되리라고 기대하면서, "운에 따라 왕 될 거면, 글쎄, 운에 따라/관을 쓰게 되겠지." (1.3.144~145.)라고 하면서.

　그러나 그의 이런 주저는 그리 오래가지 못한다. 1막 7장에서 자신의 성을 방문한 덩컨을 그야말로 손에 넣은 맥베스는 다시 살인을 떠올린다. 그리고 야심과 양심 사이에서 갈등한다. 그런데 이 갈등의 주원인은 그가 계획하는 살인에 반대하는 양심의 힘이 아주 강력하여 그런 행위가 내포하는 부도덕성을 너무나 생생한 이미지로 떠올리게 만드는 데 있다.

> 　　　　　　게다가 이 덩컨은
> 너무나 겸손하게 왕권을 행사하고
> 권좌가 너무나 깨끗하여 그의 여러 덕행은
> 극도의 영벌 받을 이 암살에 맞서서
> 천사처럼 나팔 불어 그를 변호할 것이며
> 연민은 벌거숭이 갓난아기 모습으로
> 돌풍에 걸터앉아, 아니면 케루빔들처럼
> 형체 없는 기류의 말 등에 올라앉아
> 이 끔찍한 행위로 모든 눈을 자극하여
> 눈물이 바람을 잠재우리. (1.7.16~25.)

　천사처럼 나팔 불며 그 존재를 만방에 알리는 덩컨 왕의 덕행, 벌거숭이 갓난아이 또는 모든 눈을 자극하여 눈물을 흘리게 만드는 케루빔 같은 모습의 연민, 이것들을 그려 보게 만드는 힘은 맥베스의 강력한 상상력이다. 그러나 하필이면 이런 도덕적이고 종교적인 이미지를 떠올려 야심의 준동을 누그러뜨리려 하는 힘은 그의 양심 말고는 달리 없다. 이런 양심의 힘 앞에 맥베스는 다시 한 번 무너지면서 덩컨 왕이 그에게 내린 영예와 "온갖 사람들의 금빛 찬사"(1.7.33.)를 핑계로 자기 부인에게 이번 거사를 취소하자고 말한다.

그러나 그의 양심의 보루는 부인의 질책(왕권에 대한 희망은 취했고 잠자느냐), 멸시(욕망만큼 행동력과 용맹심을 같이 가진 사람이 되는 게 두려우냐), 자극(생애 최고 장식물을 가지고 싶으냐), 그리고 놀림(비겁자로 살 것이냐)(1.7.35~45.)에 결국 무너지고 덩컨 왕을 죽이기로 최종 결정을 내린다. 이제 맥베스의 양심이 그의 야심에 굴했을 때 그를 저지할 더 이상의 힘은 남아 있지 않다. 이제 그의 앞길을 가로막는 것은 그의 행동을 억제하는 이미지가 아니라 그것을 부추기는 이미지뿐이다. 그래서 그는 덩컨 왕의 방으로 향하던 길에 자신의 행위를 암시하는 허공의 단검을 보게 되고 곧이어 그 날과 자루에 묻은 "핏방울까지도"(2.1.45.) 보게 된다, 마치 그의 살인을 앞당겨 보여 주며 빨리 결행하기를 재촉이라도 하는 듯이. 그런 다음 맥베스는 드디어 덩컨 왕을 시해하고 만다.

하지만 이때 그가 죽인 것은 덩컨 왕뿐만이 아니었다. 그는 이 시해와 더불어 우리의 삶에서 없어서는 안 되는 필수 요소인 잠을 죽여 버렸다. 잠이 없는 삶은 불가능하며 만약 그것이 가능하다면 그는 영원히 깨어 있는 천사이거나 영원히 잠 못 자는 귀신일 것이다. 맥베스는 바로 이런 "순진한 잠,/엉클어진 근심의 실타래를 푸는 잠,/하루하루 삶의 죽음, 중노동

을 씻는 목욕,/상한 맘의 진정제, 대자연의 일품요리,/이 삶의
향연에서 주식"(2.2.35~39.)을 죽여 버렸다는 외침을 듣는다.
따라서 덩컨을 죽인 순간부터 맥베스의 삶은 삶이 아닌 깨어
있는 죽음의 연속인 셈이다. 만약 우리가 그의 삶에 대해 약
간의 동정심이라도 가지게 된다면 그것은 바로 그가 "잠을 죽
여 버렸다."라는 말을 들었다고 말할 때일 것이다.

　따라서 맥베스가 덩컨의 죽음이 밝혀진 뒤 여러 사람이 모
였을 때 공개적으로 한 말은 자신이 저지른 살인죄를 감추는
게 주목적이지만 동시에 어느 정도의 진심을 담고 있다고 할
수 있다.

> 이 사건 한 시간 전에만 죽었어도
> 난 축복받았을 것이오, 지금 이 순간부터
> 삶에서 중요한 건 전혀 없을 테니까.
> 만사가 하찮고 명예와 미덕은 죽었소.
> 삶의 즙은 다 빠지고 남아 있는 자랑거린
> 찌꺼기들뿐이오. (2.3.89~94.)

　그가 이미 죽여 버린 양심과 잠, 거기에 더해 이제 명예와
미덕까지 죽였으니 지금부터 맥베스의 삶에 남은 것은 그야말
로 찌꺼기들뿐이다. 그런데 아이러니한 것은 그가 덩컨 왕을
시해하고 왕의 자리에 올라 누리려고 했던 것들이 바로 깨끗
한 양심으로 편하게 누워 자고 명예와 미덕을 누리려고 한 것
이라는 점이다. 그런데 그가 그 꿈을 달성한 순간 그 꿈의 중

요한 내용물을 모두 잃었으니 그는 진정 헛꿈을 꾸고 있는 것이 분명하다.

이렇게 살인으로 왕이 된 맥베스의 삶에 남은 것은 불안밖에 없다. 그리고 자신의 불안감을 잠재우기 위해 살인에 살인을 거듭할 수밖에 없다. 따라서 그에게 깊어지는 것은 죄의식이며 점점 멀어지는 것은 진정한 만족과 행복이다. 그의 불안의 가장 커다란 원인은 바로 뱅쿠오의 존재이다. 뱅쿠오는 맥베스와 함께 마녀들을 만났을 때 그들의 "호의나 미움을/부탁도 두려워도 하지 않"(1.3.60~61.)았다. 그렇게 당당하게 처신한 그에게 마녀들은 "왕은 아닐지라도 왕을 낳을 분이시다."(1.3.67.)라는 예언을 들려주었다. 그런 뱅쿠오는 맥베스의 눈에 제왕 같은 성품을 가졌을 뿐만 아니라 매우 과감하고 "불굴의 기질에 덧붙여/용맹심을 이끌면서 안전하게 행동하는/지혜 또한 가졌다."(3.1.51~53.) 따라서 맥베스에게 두려운 존재는 오직 그 하나다. 그런데 이 두려움을 제거하는 방법은 뱅쿠오를 그리고 미래의 뱅쿠오가 될 그의 아들 플리언스도 함께 죽이는 길뿐이다. 그래서 자객을 시켜 둘을 죽이도록 했으나 뱅쿠오만 죽고 그 아들은 도망친다. 그 결과 당장의 불안은 해소되었으나 미래의 불안은 여전하다. 왜냐하면 마녀들의 예언이 맞는다면 그는 자신의 왕관을 뱅쿠오의 후손에 의해 탈취당할 테니까. 게다가 죽은 줄 알았던 뱅쿠오는 유령으로 맥베스의 연회에 나타나 그의 불안을 가중시킨다.

그래서 맥베스는 그의 불안을 근본적으로 잠재우기 위해 지난번에 만났던 마녀들을 다시 찾아 자신의 미래를 알고

자 한다. 그런데 그들은 맥베스에게 이중적인 뜻의 예언을 말한다. 한편으로는 "맥더프를 조심하라,/파이프 영주를 조심해."(4.1.73~74.)라고 하면서 다른 한편으로는 "여자가 낳은 자는 아무도/맥베스를 못 해칠"(4.1.82~83.) 것이라고 한다. 이는 그가 맥더프를 두려워할 필요다 없다는 뜻의 격려로 읽힌다. 또한 마녀들은 "버남의 큰 수풀이 던시네인 언덕으로/맥베스를 대적하여 다가오기 전에는"(4.1.94~96.) 아무도 그를 정복하지 못할 것이라고 예언한다. 이런 불가능한 예언에 용기를 얻은 맥베스는 결국 마녀들에게 가장 궁금한 일을 물어본다. 뱅쿠오의 후손들이 언젠가 이 나라를 통치할 것이냐고. 그리고 마녀들은 그렇다는 답으로 왕관을 쓴 수많은 뱅쿠오의 후손들을 연달아 보여 준다. 이에 절망한 맥베스는 그런 미래를 막기 위한 가장 확실한 방법을 쓰려고 결심한다. 그것은 바로 자신과 뱅쿠오의 후손들 사이에서 그들이 왕이 될 징검다리 역할을 할 맥더프를 죽이는 일이다. 자신이 죽어야 뱅쿠오의 후손들이 왕이 될 것인데 지금 그에게 가장 위협적인 존재는 맥더프이고 그가 사라지면 자신이 우려하는 미래 또한 사라질 것이기 때문이다. 물론 마녀들이 여자의 몸에서 난 인간은 맥베스를 해칠 수 없노라고 예언했지만 맥베스는 그 예언을 더 확실하게 만들 생각으로 맥더프를 죽이려고 작정한다. 그런데 때마침 맥더프가 영국으로 도망쳤다는 소식에 맥베스는 그를 죽이는 대신 그의 성을 기습하여 영지를 강탈하고 "그자의 처자식과/대를 이을 불운한 영혼들을 모조리/칼날에 바치겠다."(4.1.153~155.)고 결심한다. 이렇게 피는 피를 부르고 불안은 불안을 불러온다.

　그 결과 맥베스의 삶은 의미 없는 일상의 반복, 곧 꺼지는 짧은 촛불, 잠시 무대에 등장했다가 곧 그림자처럼 사라지는 배우, 그리고 무의미한 백치의 이야기로 전락했다.

> 내일과 또 내일과, 내일과 또 내일이
> 이렇게 쩨쩨한 걸음으로, 하루, 하루,
> 기록된 시간의 최후까지 기어가고
> 우리 모든 지난날은 죽음 향한 바보들의
> 흙 되는 길 밝혀 줬다. 꺼져라, 꺼져라, 짧은 촛불!
> 인생이란 움직이는 그림잘 뿐이고
> 잠시 동안 무대에서 활개치고 안달하다
> 더 이상 소식 없는 불쌍한 배우이며
> 소음, 광기 가득한데 의미는 전혀 없는
> 백치의 이야기다. (5.5.19~28.)

　이런 삶이 죽음보다 낫다면 어떤 점에서 그런가? 왕비의 죽음을 접한 맥베스가 일생의 동반자, 야심의 공동 소유자를 떠나보내면서 읊는 이 독백은 인간의 삶에서 의미와 가치가 다 빠져나갔을 때 어떤 상태가 되는지를 가장 극명하고도 허무하게 밝혀 준다. 우리가 만약 맥베스의 죽음에서 어떤 의미를 찾는다면 그것은 위와 같은 독백에서 그가 진실하게, 뼈아프게 전달하는 그의 삶의 무의미에서 찾아야 할 것이다.

　끝으로 이번 번역은 케네스 뮤어(Kenneth Muir) 편집의 아든(The Arden Shakespeare) 판 『맥베스(Macbeth)』를 기본으로 하고, G. 블레이크모어 에번스(G. Blakemore Evans) 편집의 리버사이드 셰익스피어(The Riverside Shakespeare) 판과 조너선 베이트와 에릭 라스무센(Jonathan Bate and Eric Rasmussen) 편집의 RSC(The Royal Shakespeare Company) 판을 참조하였다.

작가 연보

1564년   아버지 존 셰익스피어와 어머니 메리 아든의 장남으로 스트랫퍼드어폰에이번에서 태어나 4월 26일 세례를 받았다.

1582년   11월 여덟 살 연상의 앤 해서웨이와 결혼했다.

1583년   큰딸 수재너가 5월 26일 세례를 받았다.

1585년   큰아들 햄닛과 둘째 딸 주디스(쌍둥이)가 태어나 2월 2일 세례를 받았다.

1588년   최초의 극작품들이 런던에서 공연되기 시작하여 가족들을 두고 이주했다.

1590년   3부작 『헨리 6세(Henry VI)』를 2년에 걸쳐 집필했다.

1592년   이후 1594년까지 시집 『비너스와 아도니스(Venus and Adonis)』, 『루크리스의 강간(The Rape of Lucrece)』 출간

하고, 두 시집 모두 사우샘프턴 백작에게 헌정했다. 로드 체임벌린스 멘 극단의 주주가 되었다.『리처드 3세(Richard III)』,『실수 희극(The Comedy of Errors)』,『티투스 안드로니쿠스(Titus Andronicus)』,『말괄량이 길들이기(The Taming of the Shrew)』,『베로나의 두 신사(The Two Gentlemen of Verona)』등을 완성했다.

1595년   『사랑의 수고는 수포로(Love's Labour's Lost)』,『존 왕(King John)』,『리처드 2세(Richard II)』,
          『로미오와 줄리엣(Romeo and Juliet)』,『한여름 밤의 꿈(A Midsummer Night's Dream)』,『베니스의 상인(The Merchant of Venice)』,『헨리 4세 1부(Henry IV, Part 1)』,『윈저의 즐거운 아낙네들(The Merry Wives of Windsor)』를 1597년까지 연이어 발표했다.

1596년   아들 햄닛 사망. 부친의 문장을 사용하는 것을 허가받았다.

1597년   스트랫퍼드에서 뉴 플레이스 저택을 구입했다.

1598년   두 해에 걸쳐『헨리 4세 2부(Henry IV, Part 2)』,『헛소문에 큰 소동(Much Ado About Nothing)』,『헨리 5세(Henry V)』,『줄리어스 시저(Julius Caesar)』,『좋으실대로(As You Like It)』등을 집필했다. 셰익스피어의 극단이 새로운 글로브 극장으로 옮겨 갔다.

1600년   『햄릿(Hamlet)』을 발표했다.

1601년   시집『불사조와 산비둘기(The Phoenix and the Turtle)』를 출간하고,『십이야(Twelfth Night, or What You

Will)』, 『트로일로스와 크레시다(Troilus and Cressida)』, 『끝이 좋으면 다 좋다(All's Well That Ends Well)』를 완성했다.

1601년   부친 사망. 9월 8일 장례.

1603년   엘리자베스 여왕 사망. 스코틀랜드의 제임스 6세가 영국의 제임스 1세가 되고, 셰익스피어의 극단이 킹스 멘이 되었다.

1604년   『잣대엔 잣대로(Measure for Measure)』, 『오셀로(Othello)』를 발표했다.

1605년   『리어 왕(King Lear)』을 발표했다.

1606년   『맥베스(Macbeth)』와 『안토니와 클레오파트라(Antony and Cleopatra)』를 발표했다.

1607년   6월 5일 딸 수재너 결혼.

1607년   두 해에 걸쳐 『코리올라누스(Coriolanus)』, 『아테네의 티몬(Timon of Athens)』, 『페리클레스(Pericles)』를 발표했다.

1608년   모친 사망. 9월 9일 장례.

1609년   『심벨린(Cymbeline)』, 『겨울 이야기(The Winter's Tale)』, 『소네트(Sonnets)』를 1610년까지 두 해에 걸쳐 출간했다. 셰익스피어의 극단이 블랙프라이어스 극장을 매입했다.

1611년   『태풍(The Tempest)』을 발표하고 스트랫퍼드로 돌아가 은퇴했다.

1612년   『헨리 8세(Henry VIII)』, 『카르데니오(Cardenio)』, 『두

귀족 친척(The Two Noble Kinsman)』을 1613년까지 집필했다.

1616년 2월 10일 딸 주디스 결혼. 스트랫퍼드에서 4월 23일 세상을 떠났다.

1623년 글로브 극장 시절의 동료 배우 존 헤밍과 헨리 콘델이 편집한 셰익스피어의 극작품들이 이절판으로 출판되었다. 부인 앤 해서웨이가 사망했다.

세계문학전집 **99**

맥베스

1판 1쇄 펴냄   2004년 3월 15일
1판 84쇄 펴냄   2024년 7월 4일

지은이   윌리엄 셰익스피어
옮긴이   최종철
발행인   박근섭, 박상준
펴낸곳   (주)민음사

출판등록   1966. 5. 19. (제 16–490호)
서울특별시 강남구 도산대로1길 62(신사동) 강남출판문화센터 5층 (우편번호 06027)
대표전화 02-515-2000   팩시밀리 02-515-2007
www.minumsa.com

ISBN 978-89-374-6099-9 04800
ISBN 978-89-374-6000-5 (세트)

* 잘못 만들어진 책은 구입처에서 교환해 드립니다.

세계문학전집 목록

세계문학전집은 계속 간행됩니다.